Paulo **Coelho**

Brida

przełożyła
Grażyna Misiorowska

tytuł oryginału
Brida

koncepcja graficzna
Michał Batory

zdjęcie Autora
Paul Macleod

redakcja i korekta
Bogna Piotrowska

przygotowanie do druku
PressEnter

© 1990 by Paulo Coelho
© for the Polish edition by Drzewo Babel, Warszawa 2008

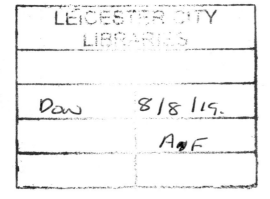

ISBN 978-83-89933-60-7

Drzewo Babel
ul. Litewska 10/11 • 00-581 Warszawa
listy@drzewobabel.pl
www.drzewobabel.pl

Dla N. D. L., która czyniła cuda,
dla Christiny, która jest częścią jednego z nich,
i dla Bridy.

*Jeśli jakaś kobieta, mając dziesięć drachm,
zgubi jedną drachmę, czyż nie zapala światła,
nie wymiata domu i nie szuka starannie, aż ją znajdzie?
A znalazłszy ją, sprasza przyjaciółki i sąsiadki
i mówi: „Cieszcie się ze mną, bo znalazłam
drachmę, którą zgubiłam".*

Łukasz XV, 8-9

OSTRZEŻENIE

W książce *Pielgrzym* zamieniłem dwa z ćwiczeń RAM na inne ze sztuki percepcji, które poznałem zajmując się teatrem. I chociaż rezultat tych praktyk jest dokładnie taki sam, zasłużyłem sobie na surową reprymendę mojego Mistrza. Powiedział mi: „Bez względu na to, czy istnieją sposoby pozwalające szybciej lub łatwiej osiągnąć cel, nie wolno nigdy zmieniać Tradycji".

Z tego też powodu rytuały opisane w *Bridzie* są identyczne z praktykowanymi przez wieki przez Tradycję Księżyca – tradycję szczególną, która wymaga doświadczenia i ćwiczeń. Odradzam stosowanie ich bez pomocy osoby wtajemniczonej, bowiem jest to niebezpieczne i niczemu nie służy, a może poważnie zagrozić Duchowym Poszukiwaniom.

Paulo Coelho

Od Autora

Przesiadywaliśmy do późna w jednej z kafejek w Lourdes: ja, pielgrzym świętej Drogi Rzymskiej, który miał przed sobą wiele dni wędrówki w poszukiwaniu swego Daru, i ona, Brida O'Fern, która sprawowała pieczę nad częścią tej drogi.

Pewnego wieczoru spytałem ją o wrażenia z pewnego opactwa na gwiaździstym szlaku, którym Wtajemniczeni przemierzają Pireneje.

– Nigdy tam nie byłam – odpowiedziała.

Zdziwiłem się – przecież posiadła już Dar.

– Wszystkie drogi prowadzą do Rzymu – tym starym przysłowiem chciała mi dać do zrozumienia, że Dar można zbudzić gdziekolwiek. – Moją Drogę Rzymską odbyłam w Irlandii.

Podczas kolejnych spotkań opowiedziała mi historię swych poszukiwań. Gdy skończyła, spytałem, czy pozwoli mi ją kiedyś opisać. Z początku zgodziła się, ale z czasem zaczęła zgłaszać rozmaite obiekcje. Chciała, abym zmienił imiona osób, interesowało ją, kto książkę przeczyta i jakie będą reakcje czytelników.

– Skąd mogę wiedzieć – odparłem. – Ale chyba nie dlatego wynajdujesz wciąż nowe problemy.

– Masz rację. To takie osobiste doświadczenie, że pewnie nikomu na nic się nie przyda.

To nasze wspólne ryzyko, Brido. Pewien anonimowy tekst Tradycji mówi, że wobec życia każdy przyjmuje jedną z dwóch postaw: Budowniczego lub Ogrodnika. Budowniczowie całymi latami pracują nad swym dziełem, a w dniu, gdy je kończą, wyrasta wokół nich własnoręcznie wybudowany mur. I wraz z zakończeniem budowy ich życie traci sens. Ogrodnicy zaś zmagają się z burzami, z kataklizmami, z pogodą i niepogodą, dlatego rzadko odpoczywają. Ale w przeciwieństwie do budowli, ogród nigdy nie przestaje się rozrastać, a wymagając od ogrodnika nieustannej uwagi, zmienia jego życie w wielką przygodę.

Ogrodnicy umieją się nawzajem rozpoznać, ponieważ wiedzą, że w historii każdej rośliny zawiera się rozwój całego świata.

Irlandia

sierpień 1983 – marzec 1984

Lato i jesień

– Chcę zgłębiać tajniki magii – powiedziała dziewczyna.

Mag obrzucił ją krótkim spojrzeniem: sprane dżinsy, podkoszulek i wyzywająca poza, którą przybierają nieśmiali właśnie wtedy, gdy nie powinni. „Mam dwa razy tyle lat co ona", pomyślał. A mimo to wiedział, że spotkał Drugą Połowę.

– Nazywam się Brida – ciągnęła. – Przepraszam, że się nie przedstawiłam. Tak długo czekałam na tę chwilę, że się okropnie denerwuję.

– Po co chcesz nauczyć się magii? – zapytał.

– Żeby znaleźć odpowiedź na pytania dotyczące życia. Żeby posiąść tajemną moc. I może po to, by móc przenosić się w przeszłość i poznać przyszłość.

Nie ona pierwsza przychodziła do niego z taką prośbą. Był czas, gdy uchodził za sławnego mistrza, uznanego przez Tradycję. Przyjmował wielu uczniów i wierzył, że świat się zmieni, jeśli jemu uda się zmienić tych, którzy go otaczali. Ale popełnił błąd. A mistrzom Tradycji błędów popełniać nie wolno.

– Nie sądzisz, że jesteś za młoda?

– Mam dwadzieścia jeden lat – odparła Brida. – Byłabym za stara, gdybym zamierzała rozpocząć karierę baletową.

Mag dał jej znak, żeby poszła za nim. W milczeniu ruszyli przez las. „Jest ładna", pomyślał. W szybko chylącym się ku zachodowi słońcu cienie drzew stawały się coraz dłuższe. „Ale jestem od niej dwa razy starszy". A to, jak wiedział, z dużym prawdopodobieństwem wróży cierpienie.

Bridę denerwowało milczenie idącego obok mężczyzny, który nawet nie zareagował na jej słowa. Szli po wilgotnych, opadłych liściach. Ona również zauważyła wydłużające się cienie i szybko zapadający zmrok. Za chwilę będzie ciemno, a przecież nie mają latarki.

„Muszę mu zaufać – dodawała sobie odwagi. – Skoro zdałam się na niego w kwestii magii, to muszę też uwierzyć, że przeprowadzi mnie bezpiecznie przez las".

Wydawało się, że Mag wędruje bez celu, raz po raz zmienia kierunek, chociaż żadna przeszkoda nie zagradzała im drogi. Zataczali kręgi, mijali po wielekroć te same miejsca.

„Pewnie chce mnie sprawdzić". Była zdecydowana wytrzymać tę próbę, udawała sama przed sobą, że wszystko, nawet to bezsensowne kręcenie się w kółko, było czymś zupełnie normalnym.

Przyjechała z daleka i dużo sobie obiecywała po tym spotkaniu. Dublin leżał o 150 kilometrów stąd, a docierające do leżącej nieopodal wioski autobusy były stare, zdezelowane i kursowały o absurdalnych porach. Musiała wstać wcześnie i tłuc się jednym z nich przez trzy godziny, a potem rozpytać się o Maga w wiosce i wyjaśniać, czego chce od tego dziwnego człowieka. W końcu ktoś wskazał jej leśną okolicę, w której Mag zwykle przebywał za dnia. Nie omieszkał jej jednak ostrzec, że kiedyś próbował uwieść dziewczynę ze wsi.

„Musi to być intrygujący człowiek", pomyślała. Teraz, kiedy ścieżka pięła się w górę, zapragnęła, żeby słońce jeszcze przez chwilę nie zachodziło. Bała się poślizgnąć na wilgotnym podłożu.

– Powiedz mi szczerze, czemu chcesz zgłębić tajniki magii?

Ucieszyła się, że przerwał ciszę. Powtórzyła tę samą odpowiedź.

Ale to mu nie wystarczyło.

– Może dlatego, że jest niezgłębiona i tajemnicza? Że zna odpowiedzi, które tylko nielicznym udaje się odkryć po latach poszukiwań? A może dlatego, że przywołuje romantyczną przeszłość?

Brida nic nie odrzekła. Nie wiedziała, co odpowiedzieć. Chciała, żeby znowu zamilkł, bo obawiała się, że jej odpowiedź nie przypadnie mu do gustu.

W końcu przemierzyli cały las i dotarli na szczyt wzgórza. Teren stał się skalisty, pozbawiony roślinności, nie było już ślisko i Brida bez trudu dotrzymywała Magowi kroku.

Wreszcie mężczyzna usiadł na szczycie i wskazał jej miejsce obok siebie.

– Byli tu już przed tobą inni – odezwał się. – Prosili, bym nauczył ich magii. Ale ja już nauczyłem wszystkiego, czego miałem nauczyć. Oddałem ludzkości to, co mi ofiarowała. Teraz chcę być sam, chodzić po górach, uprawiać ogród i żyć w zgodzie Bogiem.

– To nieprawda – powiedziała dziewczyna.

– Co jest nieprawdą? – zapytał zaskoczony.

– Być może chce pan żyć w zgodzie z Bogiem, ale to nieprawda, że chce pan być sam.

Natychmiast pożałowała słów wypowiedzianych pod wpływem impulsu, ale było już za późno, by naprawić błąd. Może niektórzy lubią samotność? Może kobieta bardziej potrzebuje mężczyzny aniżeli mężczyzna kobiety?

Jednak w głosie Maga nie było rozdrażnienia, gdy znowu się odezwał.

– Zadam ci jedno pytanie. Odpowiedz mi szczerze. Jeśli odpowiesz zgodnie z prawdą, nauczę cię tego, o co prosisz. Ale jeśli skłamiesz, lepiej nigdy tu nie wracaj.

Brida odetchnęła z ulgą: to tylko pytanie, wystarczy na nie szczerze odpowiedzieć. Zawsze sądziła, że przyszłych uczniów mistrzowie wystawiają na o wiele trudniejsze próby.

Siedział na wprost niej. Oczy mu błyszczały.

– Załóżmy, że zacznę cię uczyć tego, co sam poznałem – zaczął, patrząc jej prosto w oczy – że ukażę ci równoległe światy, które nas otaczają, anioły, mądrość natury, tajniki Tradycji Słońca i Tradycji Księżyca. A ty pewnego dnia w drodze na zakupy spotkasz na rogu ulicy mężczyznę swego życia.

„Ciekawe, jak go rozpoznam", pomyślała, ale nie odezwała się słowem, bo wyglądało na to, że pytanie będzie trudniejsze, niż się jej z początku wydawało.

– On uświadamia sobie to samo i podchodzi do ciebie. Zakochujecie się w sobie. Nadal uczysz się pod moim kierunkiem. Ja za dnia ukazuję ci mądrość Kosmosu, a nocą on uczy cię mądrości Miłości. Aż nadchodzi taki dzień, kiedy nie daje się tych dwóch mądrości pogodzić i musisz wybierać.

Mag zamilkł na chwilę. Jeszcze zanim zadał pytanie, poczuł lęk, jaką usłyszy odpowiedź. Przybycie tej dziewczyny oznaczało koniec pewnego etapu w życiu ich obojga. Wiedział to, bo znał zwyczaje i zamysły mistrzów. Ona była mu tak samo potrzebna jak on jej. Ale najpierw musiała uczciwie odpowiedzieć mu na pytanie. To był jedyny warunek.

– Teraz odpowiedz mi z całą szczerością – odezwał się w końcu, zbierając się na odwagę. – Czy rzuciłabyś wszystko, czego się nauczyłaś, wszystkie możliwości i tajemnice, które ofiarowuje świat magii, dla mężczyzny swojego życia?

Brida odwróciła wzrok. Wokół rozpościerały się zalesione wzgórza. W dole w małej wiosce zaczynały zapalać się pierwsze światła, a z kominów sączył się dym – znak, że wkrótce rodziny spotkają się przy stole, by wspólnie zasiąść do kolacji. Tutejsi ludzie pracują uczciwie, żyją bogobojnie i starają się pomagać bliźnim, bo wiedzą, co to miłość. Ich życie ma sens, rozumieją wszystko, co dzieje się we wszechświecie, choć nigdy nie słyszeli o Tradycji Słońca ani o Tradycji Księżyca.

– Nie widzę sprzeczności pomiędzy poszukiwaniem a szczęściem – rzekła.

– Odpowiedz – patrzył jej prosto w oczy. – Rzuciłabyś wszystko dla tego człowieka?

Chciało jej się płakać. Nie chodziło o pytanie, tylko o wybór – jeden z najtrudniejszych, przed jakim człowiek w życiu staje. Wiele przedtem o tym myślała. Był czas, że nic na świecie nie było ważniejsze od miłości. Miała wielu chłopaków i każdego z nich na swój sposób kochała, a przynajmniej tak się jej wydawało, ale każda miłość nagle się kończyła. Ze wszystkiego, co poznała, miłość była najtrudniejsza. Teraz kochała kogoś, kto był niewiele od niej starszy, studiował fizykę i widział świat zupełnie inaczej niż ona. Jeszcze raz uwierzyła w miłość, zaufała uczuciu, ale przeżyła tyle rozczarowań, że nie była już pewna niczego. Mimo to, ta miłość była jej wielką nadzieją.

Omijała wzrokiem Maga. Jej spojrzenie błądziło po światełkach i dymiących kominach wioski. To poprzez miłość ludzie starali się zrozumieć wszechświat od zarania dziejów.

– Rzuciłabym wszystko – powiedziała w końcu.

„Siedzący naprzeciw mnie mężczyzna, nigdy nie zrozumie, co dzieje się w ludzkim sercu, pomyślała. Wie, co to władza, znane mu są tajniki magii, ale nie zna ludzi. Ma szpakowate włosy, ogorzałą od wiatru twarz, posturę człowieka nawykłego do chodzenia po górach, i te oczy, zwierciadła duszy, która zna wszystkie odpowiedzi. Jest przystojny. I pewnie po raz kolejny dozna rozczarowania z powodu uczuć zwykłych śmiertelników". Ona też była rozczarowana samą sobą, ale nie mogła skłamać.

– Spójrz na mnie – powiedział.

Było jej wstyd, ale mimo to spojrzała mu w oczy.

– Powiedziałaś prawdę. Będę twoim nauczycielem.

Zapadła bezksiężycowa noc, tylko gwiazdy lśniły na niebie. W ciągu dwóch godzin Brida opowiedziała nieznajomemu całe swoje życie. Szukała faktów, które by wyjaśniały jej zainteresowanie magią, jakichś wizji z dzieciństwa, przeczuć, wewnętrznych głosów – ale niczego takiego nie było. Po prostu odczuwała chęć poznania. Dlatego chodziła na kursy astrologii, tarota, numerologii.

– To tylko języki – powiedział Mag. – I to nie jedyne. Magia przemawia wieloma językami ludzkiego serca.

– Czym więc jest magia? – spytała.

W ciemności poczuła, że odwrócił twarz. Patrzył w niebo, zamyślony, być może szukając odpowiedzi.

– Magia jest pomostem – odezwał się w końcu.

– Pomostem pozwalającym przejść ze świata widzialnego w świat niewidzialny i czerpać wiedzę z obydwu światów.

– Co mam zrobić, żeby przejść po tym pomoście?

– Musisz odkryć swój sposób. Każdy ma własny.

– Po to właśnie tu przyjechałam.

– Są dwie metody – odparł Mag. – Jest Tradycja Słońca, która odkrywa przed nami tajemnice poprzez przestrzeń i wszystko, co nas otacza. I jest Tradycja Księżyca, która odsłania tajemnice poprzez czas i wszystko, co uwięzione w jego pamięci. Rozumiała. Tradycja Słońca to była ta noc, drzewa, chłód, który odczuwała, gwiazdy na niebie. A Tradycją Księżyca był siedzący przed nią mężczyzna i mądrość przodków bijąca z jego oczu.

– Poznałem Tradycję Księżyca – ciągnął Mag, jakby odgadując jej myśli – ale nigdy nie byłem jej mistrzem. Jestem mistrzem Tradycji Słońca.

– Naucz mnie Tradycji Słońca – poprosiła Brida, nieco zmieszana, bo w głosie Maga pobrzmiewała nuta czułości.

– Nauczę cię tego, co sam poznałem. Ale wiele jest dróg Tradycji Słońca. Trzeba zaufać zdolnościom drzemiącym w nas samych.

Brida nie myliła się. Rzeczywiście głos Maga pobrzmiewał czułością, tyle tylko, że zamiast dodawać jej odwagi, napawało ją to lękiem.

– Potrafię zrozumieć Tradycję Słońca – powiedziała.

Mag odwrócił wzrok od gwiazd i spojrzał na dziewczynę. Wiedział, że nie umie jeszcze pojąć Tradycji Słońca. Mimo to powinien ją uczyć. Niekiedy uczniowie wybierają sobie mistrzów.

– Przed pierwszą lekcją muszę cię ostrzec. Gdy już znajdziesz swoją drogę, nie lękaj się. Miej odwagę popełniać błędy. Rozczarowania, porażki, zwątpienie to narzędzia, którymi posługuje się Bóg, by wskazać nam właściwą drogę.

– Osobliwe to narzędzia – odezwała się Brida.

– Wielu z ich powodu zawraca w pół drogi.

Dobrze o tym wiedział, bo ciałem i duszą doświadczył tych dziwnych Boskich narzędzi.

– Naucz mnie Tradycji Słońca – powtórzyła.

Poprosił, by się położyła na występie skalnym i odprężyła.

– Nie musisz zamykać oczu. Przyglądaj się wszystkiemu wokół i staraj się jak najwięcej zrozumieć. W każdej chwili, każdemu z nas, Tradycja Słońca wyjawia odwieczną mądrość.

Zrobiła, jak prosił, choć wszystko działo się zbyt szybko.

– To pierwsza i najważniejsza lekcja – powiedział.

– Przekazał ją nam Jan od Krzyża, hiszpański mistyk, który pojął istotę Wiary.

Popatrzył na pełną oddania i ufności twarz dziewczyny. Z głębi serca pragnął, by zrozumiała jego nauki. Przecież była jego Drugą Połową, choć tego jeszcze nie wiedziała, taka młoda, ciekawa ludzi i świata.

Poprzez ciemność Brida widziała znikającą w lesie postać Maga. Bała się zostać sama, ale starała się o tym nie myśleć. To jej pierwsza lekcja, nie może pokazać, że się denerwuje.

„Jestem jego uczennicą. Nie mogę go zawieść". Była z siebie zadowolona, a jednocześnie zaskoczona, że wszystko dzieje się tak szybko. Nigdy nie wątpiła w swoje zdolności, czuła się dumna z siebie i z tego, że tu dotarła. Była pewna, że Mag obserwuje ją zza skał, że sprawdza, czy zdoła opanować pierwszą lekcję magii. Mówił jej o odwadze, dlatego nie mogła okazać strachu, choć bała się, bo wyobraźnia podsuwała jej obrazy węży i skorpionów kryjących się w skalnych szczelinach. Przecież Mag wkrótce wróci i zaczną pierwszą lekcję.

„Jestem silna i wiem, czego chcę", powtarzała sobie w duchu. To przecież przywilej znaleźć się tu, obok człowieka, którego ludzie albo podziwiali, albo się bali. Odtwarzała w pamięci całe popołudnie i wieczór, który spędzili razem. Przypomniała sobie chwilę, w której w jego głosie usłyszała czułość. „Może mu się spodobałam. Może nawet chciałby się ze mną kochać. Nie byłoby to takie złe, ale ma coś niepokojącego w oczach".

Co za głupie pomysły! Przyjechała tu przecież w poszukiwaniu drogi poznania, a zaczęła rozumować jak zwykła kobieta. Starała się o tym nie myśleć i nagle zdała sobie sprawę, jak wiele czasu minęło, odkąd zostawił ją samą.

Poczuła pierwsze oznaki paniki. Różnie o nim mówiono. Dla jednych był największym z mistrzów, zdolnym siłą umysłu zmienić kierunek wiatru i rozegnać chmury. Bridę, tak jak każdego, fascynowały takie cudowne zdolności.

Inni z obracających się w świecie magii, adepci tych samych kursów, w których i ona uczestniczyła, zapewniali, że uprawia czarną magię, bo kiedyś wykorzystał swe nadprzyrodzone moce, by zniszczyć mężczyznę, który pokochał jego ukochaną. Dlatego też, mimo że był mistrzem, został skazany na samotne błąkanie się po lesie.

„Może długa samotność doprowadziła go do szaleństwa", znów ogarnęła ją fala paniki. Mimo młodego wieku wiedziała, jakich spustoszeń może dokonać w człowieku samotność. Znała ludzi, którzy stracili chęć do życia, bo nie potrafili przezwyciężyć samotności i stawali się od niej uzależnieni. W większości byli to ludzie, którzy uważali, że świat jest podły i nikczemny, a wieczory i noce trawili na niekończących się czczych rozmowach o cudzych błędach. Samotność uczyniła z nich sędziów świata, śmiało ferujących wyroki, jeśli znaleźli kogoś, kto chciał ich słuchać. Być może i Mag oszalał z samotności.

Na jakiś głośniejszy szelest obok aż podskoczyła i serce zaczęło jej bić jak oszalałe. Po niedawnej pewności siebie nie zostało już ani śladu. Rozejrzała się wokół, ale nic nie dostrzegła. Zdjęło ją przerażenie.

„Muszę się wziąć w garść", pomyślała, ale było to niemożliwe. Przed oczami zaczęły się jej przesuwać zwidy węży, skorpionów i strachów z dzieciństwa. Była zbyt przerażona, by nad sobą zapanować. Pojawił się kolejny obraz: potężny czarownik, który zawarł pakt z diabłem i składał ją na ołtarzu w ofierze.

– Gdzie pan jest?! – krzyknęła. Nie obchodziło jej, co sobie pomyśli, byle się tylko stamtąd wydostać. Nikt nie odpowiedział.

– Chcę się stąd wydostać! Pomocy!

Odpowiedzią był tylko złowrogi szum lasu i tajemnicze odgłosy. Ze strachu kręciło się jej w głowie, była bliska omdlenia. Tylko nie to! „Teraz gdy wiem, że Maga nie ma w pobliżu, nie wolno mi tracić przytomności, myślała. Muszę się opanować".

Tak pomyślała i od razu poczuła w sobie jakąś moc. „Nie wolno mi krzyczeć", szepnęła. Krzyki mogły przywabić żyjących w lesie ludzi, często niebezpieczniejszych od dzikich bestii.

– Wierzę – wyszeptała. – Wierzę w Boga, wierzę w Anioła Stróża, który mnie tu doprowadził i jest przy mnie. Nie potrafię go opisać, ale wiem, że jest blisko. *Nie urażę swej stopy o kamień.*

Ostatnie słowa pochodziły ze znanego jej dobrze w dzieciństwie psalmu, o którym dawno zapomniała. Jego słów nauczyła ją niedawno zmarła babcia. „Szkoda, że jej tu ze mną nie ma", pomyślała i zaraz poczuła czyjąś przyjazną obecność.

Zaczynała pojmować, że istnieje wielka różnica między niebezpieczeństwem i strachem.

Kto przebywa w pieczy Najwyższego... – tak zaczynał się Psalm. Powoli przypominała sobie słowo po słowie, jakby recytowała go teraz dla niej babcia. Powtarzała jego słowa bez przerwy, i mimo strachu nieco się uspokoiła. Nie miała innego wyjścia. Musiała uwierzyć w Boga i swego Anioła Stróża, albo poddać się przerażeniu.

Poczuła opiekuńczą obecność. „Muszę w nią uwierzyć. Nie potrafię tego wytłumaczyć, ale wiem, że istnieje. I zostanie ze mną przez całą noc, bo sama nie odnajdę drogi powrotnej".

Gdy była dzieckiem, budziła się czasem z płaczem w środku nocy. Wtedy ojciec brał ją na ręce, podchodził do okna i pokazywał jej miasto. Opowiadał o nocnych stróżach, o mleczarzu, który już zaczął rozwozić mleko, o piekarzu, który właśnie piekł chleb. Odganiał nocne potwory i zaludniał ciemności tymi, którzy czuwali po zmroku. „Noc jest przecież częścią dnia", przekonywał ją.

Noc była przecież częścią dnia. Tak jak chroniło ją światło, chroniła ją też ciemność. To za sprawą ciemności przywołała tę opiekuńczą obecność. Musiała jej zaufać. To zaufanie to Wiara. Nikt nigdy nie pojął, czym jest Wiara. A Wiara jest właśnie tym, co czuje w tej chwili: niezwykłym, niewytłumaczalnym zanurzeniem się w najczarniejszą noc. Była, ponieważ w nią wierzyła. Tak samo jak nie da się wyjaśnić cudów, a przecież istnieją dla tych, którzy w nie wierzą.

„Mag mówił coś o pierwszej lekcji", pomyślała i nagle przyszło olśnienie. Opiekuńcza obecność była tu, bo w nią wierzyła. Po wielu godzinach napięcia Brida poczuła znużenie. Z każdą chwilą wracał spokój i czuła się coraz bezpieczniej.

Wierzyła. A Wiara nie pozwoli wrócić skorpionom, ani wężom. Wiara każe czuwać Aniołowi Stróżowi.

Ułożyła się wygodniej w zagłębieniu skalnym i nie wiadomo kiedy zasnęła.

Gdy się obudziła, nastał już dzień i słońce rozświetlało wszystko wokół. Trochę przemarzła, miała na sobie brudne ubranie, ale było jej lekko na duszy. Spędziła całą noc samotnie w lesie. Wypatrywała Maga, choć wiedziała, że na próżno. Pewnie wędrował teraz przez las, szukając sposobności „zespolenia się z Bogiem", a może też zastanawiając się, czy tej dziewczynie, która się u niego zjawiła ostatniej nocy starczyło odwagi, żeby pojąć pierwszą lekcję Tradycji Słońca.

– Poznałam Ciemną Noc – rzekła zwracając się do lasu, skąd już nie dobiegał żaden dźwięk. – Nauczyłam się, że poszukiwanie Boga jest Ciemną Nocą. Że Wiara jest Ciemną Nocą. I nie ma się czemu dziwić, bo każdy dzień jest dla człowieka Ciemną Nocą. Nikt nie wie, co stanie się za minutę, a mimo to idziemy naprzód. Bo ufamy. Bo mamy Wiarę.

A może dlatego, że nie pojmujemy tajemnicy zaklętej w następnej sekundzie. Ale to nie miało najmniejszego znaczenia, najważniejsze było to, że zrozumiała.

Że każda chwila w życiu jest aktem Wiary.

Że można ją wypełnić wężami i skorpionami albo opiekuńczą siłą.

Że Wiary nie da się wyjaśnić. Że jest Ciemną Nocą. I można się z tym pogodzić albo nie.

Spojrzała na zegarek, zrobiło się późno. Musiała zdążyć na autobus i przez trzy godziny podróży wymyślić przekonywujące wytłumaczenie dla narzeczonego, który nigdy nie uwierzy, że spędziła noc samotnie w lesie.

– Bardzo trudna jest Tradycja Słońca! – krzyknęła w stronę lasu. – Sama muszę stać się dla siebie mistrzem, a tego się nie spodziewałam!

Spojrzała na wioskę u podnóża, w pamięci nakreśliła drogę przez las i zaczęła schodzić. Najpierw jednak zwróciła się raz jeszcze w stronę skały.

– Chcę jeszcze coś dodać! – zawołała wesołym, dźwięcznym głosem – Jest pan intrygującym człowiekiem!

Wsparty o pień starego drzewa widział, jak znika w gęstwinie. Czuł jej przerażenie i słyszał krzyki w środku nocy. W pewnej chwili chciał iść do niej, objąć ją, ochronić przed strachem i powiedzieć, że takie wyzwania nie są jej do niczego potrzebne.

Teraz cieszył się, że tego nie zrobił. I był dumny, że ta dziewczyna, z całym swym młodzieńczym zamętem, jest jego Drugą Połową.

W centrum Dublina jest księgarnia specjalizująca się w okultyzmie. Nigdzie się nie reklamuje, ale zawsze jest tu tłoczno, bo ludzie, którzy ją odwiedzają, przychodzą z polecenia innych. Cieszy to właściciela, bo trafiają do niego tylko naprawdę zainteresowani tematem klienci.

Brida wiele o niej słyszała, zanim zdobyła adres od nauczyciela prowadzącego kurs o podróżach astralnych. Poszła tam pewnego popołudnia po pracy i zachwyciła się.

Odtąd ilekroć miała czas, szła oglądać książki. Tylko oglądać, bo głównie były to wydawnictwa importowane, nie na jej kieszeń. Wertowała je, oglądała rysunki i symbole, instynktownie wyczuwała fluidy płynące z ogromu nagromadzonej w nich wiedzy. Po spotkaniu z Magiem stała się ostrożniejsza. Czasem żałowała, że uczestniczy jedynie w sprawach, które rozumie. Przeczuwała, że coś ważnego jej umyka i że jeśli dalej tak pójdzie, to będzie się kręcić w kółko i stale przeżywać te same doznania. Ale nie miała odwagi nic zmienić. Czuła, że musi ciągle odkrywać swoją drogę. Teraz, gdy poznała już Ciemną Noc, wiedziała, że nie ma zamiaru w nią się zagłębiać. I chociaż zdarzały się jej chwile niezadowolenia z samej siebie, pewnych granic nie była w stanie przekroczyć.

Książki były bezpieczniejsze. Na półkach stały reprinty traktatów stworzonych przed setkami lat – niewielu poważało się na napisanie czegoś nowego w tej dziedzinie. Wiedza tajemna, prastara i odległa, zdawała się uśmiechać ze stron tych ksiąg, kpiąc z ludzkich wysiłków odkrywania jej w każdym pokoleniu na nowo.

Poza książkami Bridę sprowadzał do księgarni inny ważny powód. Obserwowała, kto tutaj przychodzi. Czasami udawała, że kartkuje szacowne traktaty alchemiczne, podczas gdy tak naprawdę przyglądała się ludziom – mężczyznom i kobietom, zwykle starszym od niej – którzy dokładnie wiedzieli, czego chcą i kierowali swe kroki od razu do właściwego regału. Próbowała sobie wyobrazić, jacy byli w życiu prywatnym. Jedni wyglądali na mędrców, obdarzonych mocami nieznanymi zwykłym śmiertelnikom. Inni zdawali się rozpaczliwie szukać odpowiedzi, które kiedyś, dawno temu, znali, a bez których ich życie traciło sens.

Nie uszło jej uwagi, że stali klienci zamieniali kilka słów z księgarzem. Rozmawiali o tak dziwnych sprawach, jak fazy księżyca, właściwości kamieni czy poprawna wymowa rytualnych słów.

Pewnego razu i Brida zdobyła się na odwagę. Wracała z pracy po udanym dniu i stwierdziła, że musi wykorzystać dobrą passę.

– Wiem o istnieniu tajnych stowarzyszeń – powiedziała. Pomyślała, że to dobry początek rozmowy. Dawała tym samym do zrozumienia, że „wie".

Księgarz tylko podniósł głowę znad rachunków i spojrzał na nią ze zdziwieniem.

– Byłam u Maga z Folk – ciągnęła nieco zbita z tropu. – Wyjaśnił mi sens Ciemnej Nocy. Powiedział, że drogą do wiedzy jest wyzbycie się lęku przed zbłądzeniem.

Zauważyła, że księgarz baczniej się jej przysłuchuje. Skoro Mag ją czegoś nauczył, to musiała być szczególną osobą.

– Skoro wiesz, że drogą jest Ciemna Noc, to czego szukasz w książkach? – zapytał w końcu i Brida zrozumiała, że powołanie się na Maga nie było najlepszym pomysłem.

– Bo nie zamierzam zdobywać wiedzy w ten sposób – wyjaśniła.

Księgarz przypatrywał się stojącej przed nim dziewczynie. Miała Dar. Ale to dziwne, że tylko dlatego Mag z Folk poświęcił jej tyle uwagi. Musiał być jakiś inny powód.

– Często cię tu widuję – rzekł. – Przychodzisz, przeglądasz książki, ale nigdy niczego nie kupujesz.

– Są drogie – odpowiedziała, widząc, że zamierza z nią porozmawiać. – Ale czytałam już wiele i uczęszczałam na różne kursy.

Wymieniła nazwiska nauczycieli w nadziei, że zrobią na nim wrażenie.

I znów wszystko potoczyło się inaczej niż się spodziewała. Księgarz przerwał jej i poszedł obsłużyć klienta, który czekał na przesyłkę z almanachem zawierającym konfiguracje planet na najbliższe sto lat.

Księgarz przeszukał paczki leżące pod ladą. Brida zauważyła na nich znaczki z różnych stron świata.

Coraz bardziej się denerwowała. Gdzieś się ulotniła jej początkowa odwaga. Czekała, aż klient obejrzy książkę, zapłaci, odbierze resztę i sobie pójdzie. Dopiero wtedy księgarz wrócił do niej.

– Nie wiem, co mam dalej robić – powiedziała bliska płaczu.

– A co umiesz? – zapytał.

– Podążać za tym, w co wierzę.

Nie mogło być innej odpowiedzi. Całe życie goniła za tym, w co wierzyła. Problem w tym, że codziennie wierzyła w coś innego.

Księgarz napisał coś na kartce papieru, na której robił obliczenia, oderwał zapisany skrawek i przez chwilę trzymał w dłoni.

– Dam ci adres – powiedział. – Kiedyś ludzie traktowali przeżycia magiczne jak coś najnormalniejszego na świecie. Nie było wtedy jeszcze kapłanów. I nikt nie uganiał się za nadprzyrodzonymi tajemnicami.

Nie była pewna, czy to się odnosi też do niej.

– Czy wiesz, czym jest magia? – zapytał.

– Jest pomostem pomiędzy światem widzialnym a niewidzialnym.

Księgarz podał jej skrawek papieru. Zapisany był na nim numer telefonu i imię: Wikka. Schowała karteczkę, podziękowała i ruszyła w stronę drzwi. Na progu odwróciła się.

– Wiem również, że magia mówi różnymi językami. Także językiem księgarzy, którzy udają nieprzystępnych, a tak naprawdę są szlachetni i otwarci.

Pomachała mu i zniknęła za drzwiami. Mężczyzna odsunął księgi rachunkowe i rozejrzał się po księgarni. „Mag z Folk ją tego nauczył", pomyślał. Dar, choćby największy, nie jest wystarczającym powodem, dla którego Mag byłby zdolny kimś się zainteresować. To musi być coś innego. Wikka się dowie.

Czas było zamykać. Ostatnio, jak zauważył, klientela się zmieniała, odmłodniała. Tak jak głosiły wypełniające półki stare traktaty, wszystko w końcu zaczynało wracać do punktu wyjścia.

Stara kamienica znajdowała się w centrum miasta, w miejscu odwiedzanym dziś jedynie przez turystów spragnionych odrobiny dziewiętnastowiecznego romantyzmu. Dopiero po tygodniu Wikka zgodziła się ją przyjąć. Teraz Brida stała przed tajemniczym, szarym budynkiem, starając się opanować drżenie. Dom wiernie odpowiadał jej wyobrażeniom. Właśnie w takim miejscu powinni mieszkać bywalcy księgarni.

Nie było w nim windy. Wolno szła po schodach, żeby się nie zasapać. Zadzwoniła do jedynych drzwi na trzecim piętrze.

Usłyszała szczekanie psa. Po krótkiej chwili drzwi otworzyła szczupła, dobrze ubrana kobieta o surowym wyrazie twarzy.

– To ze mną rozmawiała pani przez telefon – powiedziała Brida.

Wikka zaprosiła ją do środka. Weszły do przestronnego salonu, w którym królowała biel. Na ścianach wisiały obrazy, na stolikach stały rzeźby i wazy – wszystko dzieła sztuki współczesnej. Przez białe zasłony sączyło się światło słoneczne. Harmonia kształtów i linii, równomiernie rozłożone akcenty: sofy, stół, biblioteka pełna książek. Wszystko urządzone w niezwykle wyszukanym stylu przypominało Bridzie oglądane w kioskach czasopisma o aranżacji wnętrz.

„Musiało sporo kosztować" – przemknęło jej przez głowę.

Wikka zaprowadziła gościa w róg salonu, gdzie stały dwa fotele w stylu włoskim, połączenie skóry ze stalą, a pomiędzy nimi szklany stolik na metalowych nóżkach.

– Jesteś bardzo młoda – odezwała się w końcu Wikka.

Zwykle na takie spostrzeżenia reagowała uwagą o karierze baletowej, ale teraz wydało jej się to bez sensu. Czekała więc na dalszy rozwój wypadków, a głowę zaprzątała jej myśl, jak w tak starym budynku można tak nowocześnie urządzić wnętrze. Jej romantyczne wyobrażenia o poszukiwaniu wiedzy po raz kolejny zostały zmącone.

– Dzwonił do mnie – powiedziała Wikka. Brida zrozumiała, że chodzi o księgarza.

– Szukam mistrza. Chcę iść drogą magii.

Wikka spojrzała na dziewczynę. Rzeczywiście miała Dar. Ale należało odkryć, dlaczego Mag z Folk tak się nią interesował. Dar sam w sobie nie był wystarczającym powodem. Gdyby Mag dopiero zaczynał praktykować magię, może zrobiłby na nim wrażenie ten tak oczywisty u dziewczyny Dar. Ale przecież dość już przeżył, żeby wiedzieć, że Dar posiada każdy. Był zbyt mądry, by wpaść w taką pułapkę.

Podniosła się, podeszła do półki i wzięła z niej talię kart.

– Znasz to? – spytała.

Brida skinęła głową. Miała za sobą kilka kursów i wiedziała, że kobieta trzymała w ręku talię siedemdziesięciu ośmiu kart tarota. Znała kilka sposobów stawiania tarota i ucieszyła się ze sposobności popisania się swoimi umiejętnościami.

Ale Wikka nie wypuszczała talii z rąk. Potasowała karty i rozrzuciła je na blacie. Przez chwilę uważnie przypatrywała się kartom, potem wypowiedziała kilka słów w jakimś dziwnym języku i odwróciła tylko jedną. Był to król trefl.

– Dobra ochrona – odezwała się. – Ze strony potężnego, silnego mężczyzny, bruneta.

Jej chłopak nie był ani potężny, ani silny. A Mag miał już szpakowate włosy.

– Nie myśl o wyglądzie – powiedziała Wikka, jakby odgadując jej myśli. – Pomyśl o swojej Drugiej Połowie.

– Co to jest Druga Połowa? – zdziwiła się Brida. Kobieta budziła w niej osobliwy respekt, inny niż Mag czy księgarz.

Wikka bez słowa potasowała karty i rozrzuciła je na stole, tym razem jednak figurami zwróconymi ku górze. Pośrodku, w całym tym nieładzie, znalazł się arkan 11, karta symbolizująca siłę i witalność. Przedstawiała kobietę rozwierającą paszczę lwu.

Wikka wzięła ją i podała dziewczynie. Brida trzymała kartę w ręku, nie wiedząc, co ma z nią zrobić.

– W poprzednich wcieleniach twoją mocniejszą stroną była zawsze kobieta – powiedziała Wikka.

– Co to jest Druga Połowa? – nalegała Brida. Po raz pierwszy przeciwstawiła się tej kobiecie, chociaż bardzo nieśmiało.

Wikka przez chwilę milczała. „Dziwne, pomyślała, czyżby z jakiegoś powodu Mag nie powiedział jej, czym jest Druga Połowa?". „Absurd", odpowiedziała sobie samej i oddaliła od siebie tę myśl.

– Druga Połowa to podstawowe pojęcie poznawane przez tych, którzy chcą zgłębiać Tradycję Księżyca – odpowiedziała. – Tylko zrozumienie, czym jest Druga Połowa, pozwala pojąć, jak na przestrzeni wieków przekazywana jest wiedza.

Tłumaczyła dalej, a Brida milczała, nieco zaniepokojona.

– Jesteśmy wieczni, bo jesteśmy przejawem Boga. I dlatego żyjemy wiele razy i umieramy wiele razy. Wyłaniamy się niewiadomo skąd i zmierzamy niewiadomo dokąd. Musisz przyjąć do wiadomości, że w magii dla wielu spraw nie ma wyjaśnienia i nigdy nie będzie. Bóg stworzył je takimi, a dlaczego właśnie takimi, to tylko Jemu wiadoma tajemnica.

„A więc Ciemna Noc Wiary istniała również w Tradycji Księżyca", pomyślała Brida.

– Tak to jest – ciągnęła Wikka. – Kiedy myślimy o reinkarnacji, stajemy zawsze przed bardzo trudnym pytaniem. Jeśli na początku na Ziemi żyło tak niewiele istnień ludzkich, a dziś jest ich tak wiele, to skąd wzięły się nowe dusze?

Brida wstrzymała oddech. Wiele razy zadawała sobie to pytanie.

– Odpowiedź jest prosta – powiedziała Wikka, zadowolona z zainteresowania malującego się na twarzy dziewczyny. – W pewnych wcieleniach dzielimy się. Tak samo jak kryształy, gwiazdy, komórki czy rośliny, dzielą się nasze dusze. Dusza zamienia się w dwie, każda z nich w następne dwie, i tak, na przestrzeni kilku pokoleń zostaliśmy rozrzuceni po wielu zakątkach Ziemi.

– I tylko jedna z tych części ma świadomość, kim jest? – zapytała Brida. Miała mnóstwo pytań, ale chciała zadawać je stopniowo, a to wydało się jej najistotniejsze.

– Jesteśmy częścią tego, co alchemicy nazywają *Anima Mundi*, Duszą Świata – ciągnęła Wikka, ignorując jej pytanie. – Prawdę powiedziawszy, gdyby *Anima Mundi* tylko się dzieliła, stawałaby się za każdym razem liczniejsza, ale i coraz słabsza. I dlatego, tak jak się dzielimy, tak samo się odnajdujemy. A to ponowne spotkanie dwóch Połówek nazywa się Miłością. Bo dusza dzieli się zawsze na pierwiastek męski i kobiecy. Tak to wyjaśnia Księga Rodzaju: dusza Adama podzieliła się i z niego narodziła się Ewa.

Nagle Wikka przerwała i zapatrzyła się w talię rozrzuconą na stole.

– Jest tu wiele kart – podjęła po chwili – ale wszystkie są częścią tej samej talii. Żeby pojąć ich przesłanie, potrzebujemy wszystkich, wszystkie są jednakowo ważne. Tak samo jest z duszami. Wszystkie istoty ludzkie są ze sobą połączone jak karty tej talii. W każdym życiu mamy tajemny obowiązek odnalezienia przynajmniej jednej Drugiej Połowy. Najwyższa Miłość, która je rozdzieliła, raduje się Miłością, która jednoczy je ponownie.

– Jak mam rozpoznać moją Drugą Połowę? – to pytanie było bodaj najważniejszym, jakie zadała w całym swoim życiu.

Wikka roześmiała się. Kiedyś z takim samym niepokojem zadawała sobie to pytanie. Drugą Połowę można poznać po osobliwym blasku w oczach – tak od początku istnienia ludzie poznawali prawdziwą miłość. W Tradycji Księżyca istniał inny sposób: rodzaj wizji ukazującej świetlisty punkt powyżej lewego ramienia Drugiej Połowy. Ale nie zamierzała jeszcze tego dziewczynie wyjawiać. Może pewnego dnia sama nauczy się dostrzegać ten punkt.

– Nie bojąc się ryzyka – odpowiedziała. – Ryzyka porażki, odrzucenia, rozczarowań. Nigdy nie wolno nam rezygnować z poszukiwania Miłości. Ten, kto przestaje szukać, przygrywa życie.

Brida przypomniała sobie, że Mag mówił podobnie o drodze magii. „Może to jedno i to samo", pomyślała.

Wikka zaczęła zbierać karty ze stołu. Brida zrozumiała, że jej czas dobiega końca, ale nurtowało ją jeszcze jedno pytanie.

– Czy w każdym życiu możemy spotkać więcej niż jedną Drugą Połowę?

„Tak – pomyślała Wikka z pewną dozą goryczy. – A gdy tak się zdarzy, serce jest rozdarte, cierpimy, a to bardzo bolesne. Tak, możemy odnaleźć trzy i cztery Drugie Połowy, bo jest nas wiele i jesteśmy rozproszeni. Dziewczyna zadaje właściwe pytania, ale nie dam jej gotowej odpowiedzi".

– Jedna jest esencja Stworzenia – rzekła. – Tą esencją jest Miłość. Miłość jest siłą, która nas ponownie jednoczy, aby scalić doświadczenie rozproszone w wielu życiach i w wielu miejscach świata. Jesteśmy odpowiedzialni za całą Ziemię, bo nie wiemy, gdzie są nasze Drugie Połowy, którymi byliśmy od zarania dziejów. Jeśli jest im dobrze, i my jesteśmy szczęśliwi. Jeśli jest im źle, przejmujemy, czasem nieświadomie, część ich bólu. Ale przede wszystkim jesteśmy odpowiedzialni za ponowne spotkanie z Drugą Połową przynajmniej raz w każdym wcieleniu, bo z pewnością choć raz skrzyżują się nasze drogi. Nawet jeśli to spotkanie potrwa zaledwie kilka chwil – bo chwile te przynoszą Miłość tak wielką, że nadaje sens naszemu istnieniu na resztę dni.

W kuchni zaszczekał pies. Wikka zebrała karty i jeszcze raz spojrzała na Bridę.

– Czasem pozwalamy Drugiej Połowie przejść obok, nie akceptując jej lub nie dostrzegając. Wtedy musimy czekać na następne wcielenie, żeby się z nią ponownie odnaleźć. I przez własny egoizm skazujemy się na najgorszą torturę, jaką wymyślił rodzaj ludzki: na samotność.

Wikka podniosła się i odprowadziła Bridę do drzwi.

– To nie z powodu Drugiej Połowy przyszłaś tutaj – powiedziała na progu. – Masz Dar. Kiedy poznam, jaki to Dar, spróbuję wprowadzić cię w Tradycję Księżyca.

Brida poczuła się kimś szczególnym, bo ta kobieta jak mało kto budziła jej szacunek.

– Zrobię, co w mojej mocy. Chcę poznać Tradycję Księżyca.

„Bo w Tradycji Księżyca nie trzeba spędzać samotnych nocy w mrocznych lasach", pomyślała.

– Posłuchaj – powiedziała surowo Wikka. – Od dziś codziennie o tej samej godzinie, którą sama sobie wybierzesz, w samotności rozkładaj karty tarota. Rozkładaj je byle jak i nie staraj się niczego rozumieć. Po prostu przyglądaj się kartom. Gdy przyjdzie czas, ukażą ci to, co powinnaś wiedzieć.

„Tak jak w Tradycji Słońca, znowu muszę uczyć się sama", pomyślała Brida, schodząc po schodach. I dopiero w autobusie, uświadomiła sobie, że ta kobieta nie powiedziała jej nic o Darze. Następnym razem musi z nią o tym porozmawiać.

Przez cały tydzień Brida poświęcała pół godziny dziennie na rozkładanie tarota. Szła spać o dziesiątej i nastawiała budzik na pierwszą w nocy. Wstawała, robiła szybko kawę i siadała przy stole, aby przyglądać się kartom, starając się zrozumieć ich tajemną mowę. Pierwszej nocy była niezwykle podniecona. Przekonana, że Wikka przekazała jej jakiś sekretny rytuał, starała się rozłożyć talię dokładnie tak jak ona i wierzyła, że karty objawią jej tajemne przesłanie. Ale przez pół godziny nic specjalnego się nie wydarzyło, z wyjątkiem jakichś niejasnych, ulotnych wizji, które uznała za wytwór własnej wyobraźni.

To samo powtórzyło się następnej nocy. Wikka mówiła, że karty tarota opowiedzą jej swoją historię, a wnioskując z wiedzy wyniesionej z kursów, na które uczęszczała, była to bardzo stara historia, licząca ponad trzy tysiące lat, sięgająca czasów, gdy ludzie żyli jeszcze blisko pierwotnej mądrości.

„Symbole wydają się takie proste", myślała. Kobieta rozwierająca paszczę lwa, wóz zaprzężony w dwa dziwne stwory, mężczyzna przy stole pełnym jakichś przedmiotów. Uczono ją, że tarot jest księgą, w której Boska Mądrość zapisała główne przemiany w ludzkiej wędrówce przez życie. Jej autor wiedział, że człowiek łatwiej uczy się na błędach niż na cnotach, dlatego nadał świętej księdze formę gry przekazywanej z pokolenia na pokolenie. Talia kart była wynalazkiem bogów.

„To nie może być takie proste", powtarzała, rozkładając karty na stole. Poznała różne złożone metody, misternie opracowane systemy, ale te bezładnie rozrzucone karty nie pozwalały jej się skupić. Trzeciej nocy zirytowana zrzuciła karty na podłogę. Przez chwilę miała wrażenie, że był to gest znaczący, ale i to nie przyniosło rezultatu – poza jakimiś nieuchwytnymi przeczuciami, których nie potrafiła określić i które uznała znów za urojenia.

Jednocześnie sprawa Drugiej Połowy ani na chwilę nie dawała jej spokoju. Początkowo było tak, jakby wracała do lat szczenięcych, do marzeń o zaczarowanym księciu, który przemierzał góry i doliny w poszukiwaniu właścicielki kryształowego pantofelka lub po to, by pocałunkiem zbudzić śpiącą królewnę. „Tylko bohaterowie bajek znajdują swoje Drugie Połowy", żartowała. Bajki były dla niej pierwszym doświadczeniem w świecie magii, do którego pragnęła teraz wejść. Często zastanawiała się, dlaczego ludzie z wiekiem oddalają się od świata bajek, choć pamiętają, że w dzieciństwie dały im tak wiele radości.

„Być może nie jest im dobrze z radością", uznała tę myśl za absurdalną, ale „twórczą", więc zapisała ją w swoim pamiętniku.

Po tygodniu rozważań nad Drugą Połową owładnęła nią przerażająca myśl: a jeśli wybiorę niewłaściwego mężczyznę? Ósmej nocy, kiedy jak zwykle kontemplacja nad kartami tarota nie dała żadnego efektu, postanowiła wieczorem zaprosić na kolację swego chłopaka.

Wybrała niezbyt drogą restaurację, bo zawsze nalegał, by płacić, choć jego pensja asystenta na Wydziale Fizyki była o wiele niższa od jej poborów sekretarki. Był ciepły, letni wieczór, więc usiedli w ogródku nad rzeką.

– Ciekawe, kiedy duchy znów pozwolą mi spać z tobą – powiedział Lorens żartobliwym tonem.

Brida spojrzała na niego z czułością. Na jej prośbę od dwóch tygodni jej nie odwiedzał. Dał jej do zrozumienia, że przystał na to z ciężkim sercem. Na swój sposób również poszukiwał tajemnic Wszechświata i gdyby kiedyś poprosił ją, żeby go zostawiła na dwa tygodnie, też musiałaby się z tym pogodzić.

Jedli powoli, niewiele mówiąc. Patrzyli na przechodniów i płynące po rzece statki. Na stoliku pojawiła się druga butelka białego wina. Pół godziny później siedzieli objęci, wpatrując się w rozgwieżdżone letnie niebo.

– Tysiące lat temu to niebo wyglądało bardzo podobnie – zaczął Lorens, gładząc ją po włosach.

To samo powiedział w dniu, kiedy się poznali, ale nie chciała mu przerywać: w ten sposób dzielił się z nią swoim światem.

– Wiele z tych gwiazd już zgasło, a mimo to ich blask wciąż wypełnia Wszechświat. Gdzieś daleko stąd narodziły się inne gwiazdy, ale ich światło jeszcze do nas nie dotarło.

– Czyli nikt nie wie, jakie naprawdę jest niebo? – tamtego wieczoru zadała dokładnie to samo pytanie, ale czyż nie przyjemnie przeżywać jeszcze raz piękne chwile?

– Nie wiemy. Badamy to, co widzimy, ale nie zawsze to, co widzimy, istnieje naprawdę.

– Chciałabym cię o coś zapytać. Z jakiej jesteśmy stworzeni materii? Skąd się wzięły atomy, z których składa się nasze ciało?

– Zostały stworzone razem z tymi gwiazdami i tą rzeką, na którą patrzymy. W pierwszej sekundzie istnienia Wszechświata.

– Czyli że od tamtej pierwszej chwili Stworzenia nic nie zostało dodane?

– Nic. Wszystko było i jest w ciągłym ruchu. Wszystko ulegało przemianom i wciąż się zmienia. Ale cała materia Wszechświata jest tą samą materią, co przed miliardem lat. Żaden atom nie został dodany.

Brida popatrzyła na rzekę i na gwiazdy. Widziała, jak rzeka toczy swe nurty, ale ruchu gwiazd nie dostrzegała. A przecież się poruszały.

– Lorens – odezwała się po długiej chwili milczenia – chciałabym zadać pytanie, które może ci się wydać absurdalne. Czy jest to fizycznie możliwe, żeby atomy, z których zbudowane jest moje ciało, wchodziły kiedyś w skład ciała kogoś, kto żył przede mną?

Lorens spojrzał na nią ze zdumieniem.

– Co chcesz przez to powiedzieć?

– Po prostu pytam, czy to możliwe?

– Mogły być w roślinach, w owadach, mogły ulec przekształceniu w molekuły helu i znajdować się miliony kilometrów od Ziemi.

– Ale czy jest możliwe, że atomy z ciała kogoś, kto już nie żyje, znajdują się w moim ciele i w ciele innej osoby?

Lorens zamilkł i dopiero po dłuższej chwili odpowiedział:

– Tak, to możliwe.

Usłyszeli muzykę. Dochodziła z przepływającego statku. Pomimo sporej odległości, Brida dostrzegła sylwetkę marynarza na tle rozświetlonego okna. Melodia przypominała jej szkolne bale, zapach sypialni w rodzinnym domu, kolor wstążki, którą wiązała włosy zebrane w koński ogon. Odgadła, że Lorens nigdy przedtem nie zastanawiał się nad pytaniem, które mu właśnie zadała. Może teraz rozważa, czy i jego ciało nie zawiera przypadkiem atomów pochodzących od wojowniczych wikingów, wybuchów wulkanicznych lub prehistorycznych zwierząt, które z nieznanych powodów wymarły.

Ją nurtowało co innego: czy mężczyzna, który trzymał ją teraz w ramionach, był kiedyś częścią niej samej?

Statek zbliżał się. Wokół rozbrzmiewała płynąca z jego pokładu muzyka. Ucichły rozmowy przy wszystkich stolikach, bo każdy był ciekaw skąd dobiega, każdy miał kiedyś naście lat, chodził na szkolne zabawy i snuł marzenia o wróżkach i rycerzach.

– Kocham cię, Lorens.

Mimo wszystko wierzyła, że ten chłopak, który tyle wiedział o świetle gwiazd, miał w sobie jakąś cząstkę kogoś, kim kiedyś była.

To na nic, wszystko na nic.

Brida usiadła na łóżku i ręką błądziła po nocnej szafce w poszukiwaniu papierosów. Wbrew swoim zasadom postanowiła zapalić na czczo.

Za dwa dni miała się znowu spotkać z Wikką. Przez ostatnie dwa tygodnie dawała z siebie wszystko. Wielkie nadzieje pokładała w rytuale, którego ją nauczyła ta piękna, tajemnicza kobieta. Za nic nie chciała jej zawieść, ale karty najwyraźniej nie zamierzały wyjawić żadnej tajemnicy.

Przez trzy poprzednie noce po każdej próbie zbierało się jej na płacz. Czuła się bezbronna, samotna. Miała wrażenie, że wielka okazja przemyka jej koło nosa. Po raz kolejny uznała, że życie traktuje ją po macoszemu: daje jej wszelkie szanse na osiągnięcie sukcesu, ale gdy już pozwoli jej podejść blisko celu, ziemia rozstępuje się i pochłania ją. Tak było ze studiami, z chłopakami, z niektórymi marzeniami, do których nikomu nie chciała się przyznać.

Pomyślała o Magu. Może on mógłby jej pomóc. Ale obiecała sobie, że zanim wróci do Folk i stanie przed nim, musi zgłębić tajniki magii.

A teraz wyglądało na to, że ten moment nigdy nie nastąpi.

Długo zwlekała ze wstaniem z łóżka. W końcu zebrała się w sobie, by zmierzyć się z kolejnym dniem, kolejną „dzienną Ciemną Nocą", jak zwykła nazywać ten stan od czasu swego doświadczenia w lesie. Zaparzyła kawę, sprawdziła na zegarku, że ma jeszcze trochę czasu.

Podeszła do półki i spomiędzy książek wydobyła kartkę, którą dał jej księgarz. Istnieją przecież jeszcze inne drogi, próbowała się pocieszać. Skoro udało się jej dotrzeć do Maga i do Wikki, to w końcu znajdzie kogoś, kto w zrozumiały dla niej sposób udzieli jej nauk.

Wiedziała, że to tylko wymówka. „Ciągle zaczynam coś i nigdy nie kończę, pomyślała z goryczą. Być może życie wkrótce to pojmie i przestanie podsuwać mi okazje. A może, skoro tak łatwo się poddaję, wyczerpałam już wszystkie możliwości, nie postawiwszy nawet pierwszego kroku".

Taka już była, słaba, coraz mniej zdolna do zmiany. Kilka lat temu ubolewałaby nad tym, ale wciąż byłoby ją stać na heroiczne gesty. Teraz pogodziła się już z własnymi wadami. Zresztą nie ona jedna, inni też przywykli do swoich wad i z czasem zaczynali je mylić z cnotami. A wtedy zwykle jest już za późno na zmiany.

Zamierzała nie dzwonić do Wikki, tylko po prostu zniknąć. Ale co z księgarnią? Jeśli zachowa się jak tchórz, nie ma tam czego szukać, księgarz nie będzie już dla niej tak łaskawy. Wcześniej też tak bywało. Z powodu jednego nieprzemyślanego gestu wobec kogoś, traciła kontakt z ludźmi, na których jej zależało. Nie chciała, żeby to się powtórzyło. Kroczyła ścieżką, na której niełatwo o cenne znajomości.

Zdobyła się na odwagę i wybrała numer zanotowany na kartce. Po drugiej stronie usłyszała głos Wikki.

– Nie przyjdę jutro – oznajmiła.

– Ani ty, ani hydraulik – westchnęła Wikka. Przez chwilę Brida nie miała pojęcia, o czym mowa.

Potem usłyszała narzekania na zmywarkę i niesumienność fachowca, który kilkakrotnie obiecywał przyjść, ale dotąd się nie zjawił, wreszcie na stare kamienice – tylko wyglądają imponująco, ale sprawiają wiele kłopotów.

– Masz tam przy sobie tarota? – Wikka nagle zmieniła temat.

Brida, zaskoczona, przytaknęła. Wikka poprosiła ją, żeby rozłożyła karty na stole. Miała ją nauczyć, jak znaleźć odpowiedź na pytanie: czy hydraulik zjawi się nazajutrz czy nie?

Brida, jeszcze bardziej zaskoczona, posłusznie rozłożyła karty i wpatrywała się w nie nieobecnym wzrokiem, w oczekiwaniu na instrukcje z drugiej strony. Powoli traciła odwagę, by podać prawdziwy powód, dla którego zadzwoniła.

Wikka nie przestawała mówić, Brida cierpliwie słuchała. Może w ten sposób uda się jej zaskarbić przyjaźń tej kobiety. Może stanie się bardziej wyrozumiała i pokaże jej łatwiejsze metody wniknięcia w Tradycję Księżyca.

Tymczasem Wikka dalej paplała, przeskakując z tematu na temat. Po hydrauliku przyszła kolej na poranną sprzeczkę z zarządcą budynku na temat pensji dla dozorcy, a wreszcie na świeżo przeczytany artykuł o wysokości emerytur.

Brida od czasu do czasu potakująco pomrukiwała, ale nie słyszała, co się do niej mówi. Ogarnęło ją niezwykłe znużenie. Dziwna rozmowa z kobietą, której prawie nie znała, a w zasadzie monolog o hydraulikach, dozorcach i emerytach z samego rana, znudził ją niemiłosiernie. Starała się skupić na kartach rozłożonych na stole, przyglądała się szczegółom, które dotychczas uszły jej uwadze.

Od czasu do czasu Wikka pytała ją, czy słucha, a wtedy Brida mamrotała, że tak, ale myślami była daleko. Każdy nowo odkryty detal w rozłożonej talii zdawał się wciągać ją dalej i dalej.

Nagle, niczym we śnie, uświadomiła sobie, że nie słyszy słów Wikki. Jakiś głos, który zdawał się dochodzić z jej wnętrza, choć wiedziała, że płynie z zewnątrz, zaczął coś szeptać. „Rozumiesz?". Przytaknęła. „Rozumiesz?" – powtórzył tajemniczy głos.

Nie miało to znaczenia. Tarot zaczął odsłaniać przed nią fantastyczne sceny. Mężczyzn spalonych słońcem, w maskach przypominających gigantyczne rybie głowy. Chmury w zawrotnym tempie przesuwające się po niebie, jakby wszystko działo się o wiele szybciej niż w rzeczywistości. Ukazał się następny widok: plac otoczony monumentalnymi budowlami, starcy pośpiesznie przekazujący młodzieńcom tajemnice, jakby w obawie, że za chwilę jakaś prastara wiedza zaginie na zawsze.

„Dodaj siedem i osiem a otrzymasz moją liczbę. Jestem demonem i podpisałem księgę", mówił młodzieniec odziany w średniowieczne szaty. Wyglądało to na jakąś ucztę, gdzie pijani mężczyźni i kobiety śmiali się głośno. Potem obraz znów się zmienił. Tym razem zobaczyła wykute w nadmorskich skałach świątynie. Czarne chmury na niebie przeszywały roziskrzone zygzaki błyskawic.

Ujrzała drzwi, ciężkie niczym wierzeje starego zamczyska. Zbliżały się ku niej, poczuła, że za chwilę je otworzy.

– Wracaj – odezwał się głos.

– Wracaj – odezwał się głos w słuchawce. To była Wikka. Brida była wściekła, że przerywa jej tak niezwykłe przeżycie po to tylko, żeby opowiedzieć jej znów o portierach i hydraulikach.

– Chwileczkę – poprosiła. Usiłowała odnaleźć drzwi, ale wszystko zniknęło.

– Wiem, co się wydarzyło – skwitowała Wikka.

Brida była jeszcze w szoku. Całkowicie zaskoczona, nie rozumiała, co się stało.

– Wiem, co się wydarzyło – powtórzyła Wikka w odpowiedzi na milczenie Bridy. – Nie będę więcej mówić o hydrauliku, był tu w ubiegłym tygodniu i wszystko naprawił.

Zanim się rozłączyła, rzuciła, że czeka na Bridę o umówionej godzinie.

Dziewczyna odłożyła słuchawkę bez pożegnania. Długo jeszcze siedziała ze wzrokiem utkwionym w ścianę kuchni, a potem wybuchnęła spazmatycznym płaczem.

– To był trick – powiedziała Wikka do przestraszonej jeszcze Bridy, kiedy usadowiły się we włoskich fotelach. – Wyobrażam sobie, jak się czujesz. Czasami wkraczamy na jakąś drogę, mimo że w nią nie wierzymy. Wtedy sprawa jest prosta – wystarczy jedynie udowodnić sobie, że to droga nie dla nas. Jednak, w miarę rozwoju wydarzeń, gdy droga coraz pełniej nam się ukazuje, boimy się iść naprzód.

Dodała, że nie rozumie, dlaczego wielu ludzi woli spędzać życie na niszczeniu dróg, którymi nie mają ochoty podążać, zamiast iść tą jedyną, która ich dokądś doprowadzi.

– Trudno mi uwierzyć, że to był trick – odezwała się w końcu Brida. Nie kryła się już za pozą arogancji i buńczuczności. Nabrała do Wikki jeszcze większego szacunku.

– To nie wizja była trickiem, tylko telefon. Przez tysiące lat ludzie rozmawiali tylko z tymi, których widzieli. Aż w ciągu jednego stulecia te dwa procesy zostały oddzielone. Dziś wydaje nam się to całkiem normalne i nie uświadamiamy sobie, jak to oddziałuje na nas i na nasze reakcje. A nasze ciała po prostu nie są jeszcze na to gotowe. W praktyce oznacza to, że podczas rozmowy telefonicznej udaje nam się wprowadzić w stan porównywalny do transów magicznych. Nasz umysł wchodzi na inne częstotliwości i staje się bardziej czuły na bodźce świata niewidzialnego. Znam czarownice, które zawsze trzymają obok telefonu kartkę papieru i ołówek. Bazgrzą jakieś esy- -floresy podczas rozmowy, a potem na ogół okazuje się, że te bezsensowne bazgroły to symbole Tradycji Księżyca.

– A dlaczego tarot mi się odkrył?

– To poważny problem tych, którzy pragną zgłębić magię – odpowiedziała Wikka. – Gdy stoimy na początku drogi, mamy mniej lub bardziej sprecyzowane oczekiwania. Kobiety z reguły poszukują Drugiej Połowy, mężczyźni pragną władzy. I jedni, i drudzy nie tyle chcą poznawać, co raczej osiągnąć wyznaczony przez siebie cel. Tymczasem droga magii, tak jak droga życia, jest i zawsze będzie drogą Tajemnicy. Zgłębiać coś, oznacza wejść w kontakt ze światem, o którym nie mamy pojęcia. Aby go poznać, potrzeba pokory.

– Jak zanurzenie się w Ciemną Noc – dodała Brida.

– Nie przerywaj! – w głosie Wikki zabrzmiało z trudem hamowane zniecierpliwienie, ale, jak podejrzewała Brida, nie miało ono nic wspólnego z jej komentarzem. „Pewnie jest zła na Maga, pomyślała. Może kiedyś była w nim zakochana, są mniej więcej w tym samym wieku".

– Przepraszam – powiedziała.

– Nie szkodzi – Wikka zdawała się zaskoczona własną reakcją.

– Mówiła pani o tarocie.

– Gdy rozkładałaś karty, miałaś zawsze pewne wyobrażenie o tym, co się stanie. Nigdy nie pozwoliłaś, aby karty opowiedziały ci swoją historię, szukałaś w nich tylko potwierdzenia własnych wyobrażeń. Uświadomiłam to sobie na początku naszej rozmowy telefonicznej. Zdałam sobie też sprawę, że telefon jest moim sprzymierzeńcem. Zaczęłam tę nudną gadaninę i poprosiłam, abyś patrzyła w karty. Weszłaś w trans, a karty powiodły cię do twego magicznego świata.

— Jeśli ktoś w twojej obecności będzie rozmawiał przez telefon — dodała — przyjrzyj się dobrze jego oczom. Zdziwisz się, co w nich dostrzeżesz.

– Mam jeszcze jedno pytanie – odezwała się Brida, gdy piły razem herbatę w zadziwiająco nowoczesnej i funkcjonalnej kuchni. – Czemu nie odwiodła mnie pani od moich zamiarów?

„Bo chcę się dowiedzieć, co prócz twego Daru zobaczył w tobie Mag", pomyślała Wikka, a głośno powiedziała:

– Bo masz Dar.

– Skąd pani wie?

– To proste. Wystarczy spojrzeć na twoje uszy.

„Uszy? Cóż za rozczarowanie!", pomyślała w duchu. Myślała raczej, że chodziło o jej aurę.

– Każdy z nas ma Dar. U jednych jest on bardziej rozwinięty, inni – tak jak na przykład ja – muszą usilnie się starać, żeby go w sobie rozwinąć. Ludzie posiadający Dar już w chwili narodzin mają małe małżowiny uszne, przylegające do głowy.

Brida instynktownie dotknęła swoich uszu. Były małe.

– Masz samochód?

Dziewczyna zaprzeczyła.

– No to musisz się liczyć ze sporym wydatkiem na taksówkę – zakończyła Wikka, podnosząc się z miejsca. – Już czas na następny krok.

„Wszystko toczy się tak szybko", pomyślała Brida. Jej życie zaczynało przypominać chmury, które ujrzała podczas transu.

Po południu dotarły do gór oddalonych o jakieś trzydzieści kilometrów od Dublina. „Mogłyśmy pojechać autobusem", jęknęła w duchu Brida, płacąc za taksówkę. Wikka miała ze sobą torbę z ubraniami.

– Jeśli panie sobie życzą, mogę poczekać – zaproponował kierowca. – Będzie tu trochę trudno złapać taksówkę. To pustkowie.

– Proszę się nie martwić – uspokoiła go Wikka, a Brida odetchnęła z ulgą. – Nie ma dla nas rzeczy niemożliwych.

Taksówkarz dziwnie na nie spojrzał i odjechał. Znajdowały się na skraju eukaliptusowego gaju, rozciągającego się do podnóża najbliższego wzniesienia.

– Poproś o pozwolenie na wejście do lasu – rzekła Wikka. – Duchy lasu lubią dobre maniery.

Brida posłuchała. Gaj, który dotąd wydawał się zwykłym gajem, nagle jakby ożył.

– Trzymaj się zawsze pomostu między widzialnym a niewidzialnym – powiedziała Wikka, gdy szły wśród eukaliptusów. – Wszystko we Wszechświecie ma swoje życie. Staraj się nie tracić z tym życiem kontaktu. Ono rozumie twój język. A wtedy świat stanie się dla ciebie czymś nowym i ciekawym.

Bridę zaskoczyła zwinność przewodniczki. Jej stopy zdawały się unosić ponad ziemią, niemal bezszelestnie.

Dotarły do polany obok wielkiego głazu. Zastanawiając się skąd się tu wziął, zauważyła na środku polany resztki ogniska.

Miejsce było piękne. Do zachodu było jeszcze daleko, słońce wydobywało kolory lata. Ptaki śpiewały, lekki wiatr prześlizgiwał się po liściach drzew. Wspięły się na dość wysokie wzgórze, z którego roztaczała się panorama okolicy.

Wikka wyjęła z torby coś, co przypominało arabską tunikę i wciągnęła ją na ubranie. Torbę schowała wśród drzew, aby nie była widoczna z polany.

– Usiądź – rozkazała.

Wydawała się jakaś inna, może z powodu stroju, a może dlatego, że samo miejsce napawało głębokim szacunkiem.

– Przede wszystkim muszę ci wyjaśnić, co mam zamiar zrobić. A więc zamierzam odkryć, jak twój Dar przejawia się w tobie. Tylko znając twój Dar, mogę cię czegoś nauczyć. Dzięki wizjom tarota, jakie mi opisałaś, wiem, że kiedyś, w jakimś poprzednim życiu podążałaś drogą magii. Rozluźnij się teraz i poddaj urokowi tego miejsca, tak jak dałaś się poprowadzić kartom tarota.

Brida zamknęła oczy, ale Wikka poprosiła, aby je otworzyła.

– Miejsca magiczne są zawsze piękne i zasługują na to, by je podziwiać. W wodospadach, w górach i w lasach bawią się, śmieją i rozmawiają z ludźmi duchy Ziemi. Jesteś w uświęconym miejscu, a ono ofiarowuje ci śpiew ptaków i szum wiatru. Podziękuj za to Bogu: za ptaki, za wiatr i za duchy, które zamieszkują ten gaj. Trzymaj się zawsze pomostu między widzialnym a niewidzialnym.

Głos Wikki działał kojąco. Brida czuła niemal nabożną cześć dla tej chwili.

– Mówiłam ci o jednym z największych sekretów magii – o Drugiej Połowie. Całe życie człowieka na Ziemi sprowadza się do poszukiwania Drugiej Połowy. Wydaje mu się, że szuka mądrości, bogactwa czy władzy, ale to nieprawda, bo wszystko, co osiągnie, okaże się puste, jeśli nie uda mu się odnaleźć swojej Drugiej Połowy. Z wyjątkiem pewnych istnień pochodzących od aniołów – którym dla obcowania z Bogiem potrzebna jest samotność – pozostała część ludzkości osiąga jedność z Bogiem tylko wtedy, jeśli choć przez chwilę zdoła połączyć się ze swoją Drugą Połową.

Brida wyczuła dziwną energię w powietrzu. Przez chwilę z niewiadomych powodów jej oczy zaszły łzami.

– Podczas Nocy Wszechczasów, gdy zostaliśmy rozdzieleni, jedna część, jaką był mężczyzna, przejęła na swoje barki obowiązek poznania. Mężczyzna odkrył rolnictwo, cykle przyrody i ruchy gwiazd. Poznanie było zawsze siłą, która utrzymywała Wszechświat na swoim miejscu a gwiazdy na swoich orbitach. Poznanie było i jest domeną mężczyzny. Dzięki niemu przetrwał cały rodzaj ludzki. A nam, kobietom, zostało powierzone coś bardzo ulotnego i delikatnego, coś, bez czego poznanie traci swój sens, a jest to zdolność przemiany. Mężczyźni zostawiali urodzajną glebę, a my siałyśmy, przeobrażając pusty ugór w pola uprawne i ogrody. Ziemi potrzebne jest nasienie, a nasieniu potrzebna jest ziemia. Jedno spełnia się dzięki drugiemu. Tak samo jest z istotami ludzkimi. Gdy męskie poznanie połączy się z kobiecą przemianą, powstaje wielka magiczna pełnia, którą nazywamy mądrością. Mądrość to poznanie i przemiana.

Brida poczuła silniejszy powiew wiatru i zrozumiała, że głos Wikki wprowadza ją na nowo w trans. Duchy lasu zdawały się nasłuchiwać z uwagą.

– Połóż się – powiedziała Wikka.

Brida opadła na wznak i wyciągnęła przed siebie nogi. Ponad nią jaśniało błękitem bezchmurne niebo.

– Ruszaj na poszukiwanie swego Daru. Dziś nie mogę iść z tobą, ale nie lękaj się. Im lepiej poznasz samą siebie, tym lepiej poznasz świat, który cię otacza. I tym bardziej zbliżysz się do swej Drugiej Połowy.

Wikka pochyliła się nad leżącą dziewczyną. „Też taka byłam, wspominała z rozrzewnieniem. Szukałam sensu wszystkiego i patrzyłam na świat tak jak przed wiekami silne i odważne kobiety, wiodące prym w swych społecznościach. Ale wtedy Bóg był kobietą". Rozluźniła pasek Bridy, rozsunęła lekko suwak jej jeansów. Mięśnie Bridy napięły się.

– Spokojnie – powiedziała Wikka czule.

Uniosła nieco jej podkoszulek i na pępku położyła kryształ kwarcu, który wydobyła z kieszeni tuniki.

– Teraz zamknij oczy – wyszeptała. – Wyobraź sobie błękit nieba, ale oczu nie otwieraj.

Wyjęła z tuniki mały ametyst i położyła go między zamkniętymi oczami Bridy.

– Odtąd rób dokładnie to, co ci powiem. Nie zajmuj się niczym innym. Jesteś w centrum Wszechświata. Widzisz wokół siebie gwiazdy i najjaśniejsze planety. Czujesz, jak ten krajobraz cię szczelnie otula, nie jest tylko widoczkiem na płótnie. Napawaj się Wszechświatem, niech cię nic nie rozprasza. Skoncentruj się jedynie na przyjemności. Pozbądź się poczucia winy.

Brida ujrzała Wszechświat. Poczuła, że może weń wejść, a jednocześnie słyszała głos Wikki: wyobraź sobie wielką katedrę pośród Wszechświata. I Brida zobaczyła gotycką katedrę ze zmurszałego kamienia, która, co mogło się wydać absurdalne, zdawała się być częścią otaczającego ją Wszechświata.

– Idź w stronę katedry. Wstąp na schody. Wejdź do środka.

Wykonała polecenie. Szła po schodach katedry, czując pod bosymi stopami chłód kamiennej posadzki. W pewnej chwili zdało się jej, że nie jest już sama, a głos Wikki był głosem kogoś, kto podążał za nią. „To tylko złudzenie", pomyślała i wtedy przypomniała sobie, że powinna wierzyć w pomost łączący widzialne z niewidzialnym. Nie może się lękać rozczarowań ani porażek.

Stała teraz przed bramą katedry. Była ogromna, kuta w metalu, ozdobiona scenami z żywotów świętych, zupełnie inna od tej, którą ukazał jej tarot.

– Otwórz ją. Wejdź do środka.

Poczuła chłód metalu w dłoniach. Otworzyła drzwi bez wysiłku, pomimo ich ogromu. Weszła do wielkiego kościoła.

– Przyglądaj się uważnie wszystkiemu – powiedziała Wikka. Choć na zewnątrz panował mrok, przez wielkie witraże wlewało się sporo światła. Widziała ławki, boczne ołtarze, zdobione kolumny i płonące świece – ale wszystko zdawało się opuszczone, ławki pokrywał kurz.

– Skręć w lewo. Znajdziesz tam inne drzwi, tym razem niewielkie.

Brida szła przez katedrę. Pod bosymi stopami wyczuwała pył zaściełający posadzkę. Nie było to przyjemne uczucie. Skądś dochodził głos przewodnika. Wiedziała, że to Wikka, ale nie panowała już nad własną wyobraźnią. Była świadoma, ale nie umiała oprzeć się jej poleceniom.

Zobaczyła drzwi.

– Wejdź. Za nimi są kręte, prowadzące w dół schody.

Musiała się pochylić, żeby przejść. U boku schodów paliły się zatknięte pochodnie, oświetlające stopnie. Tu posadzka była czysta. Ktoś tu przed nią był i pozapalał światła.

– Idziesz na spotkanie swych minionych wcieleń. W podziemiach katedry jest biblioteka. Chodźmy tam. Zaczekam u stóp schodów.

Nie potrafiła określić, jak długo to trwało. Na dole poczuła lekki zawrót głowy. Tam czekała na nią Wikka. „Teraz będzie łatwiej, pomyślała, bezpieczniej". Wciąż była w transie.

Wikka otworzyła drzwi obok schodów.

– Teraz zostawię cię tu samą. Poczekam na zewnątrz. Wybierz sobie księgę, a ona wyjawi ci to, co powinnaś wiedzieć.

Brida nawet nie zauważyła, że została sama. Przyglądała się zakurzonym woluminom. „Muszę tu częściej zaglądać i trochę poodkurzać". Przeszłość była brudna i zaniedbana, zrobiło się jej żal, że nie przeczytała wszystkich tych ksiąg. Być może zawierały jakieś ważne, dawno zapomniane nauki, które zabierze ze sobą na dalszą drogę.

Popatrzyła na księgi na półkach. „Jak wiele już przeżyłam", pomyślała. Skoro była aż tak stara, powinna być mądrzejsza. Chciała przeczytać wszystkie tomy, ale czasu było niewiele i należało zawierzyć intuicji. Mogła tu w każdej chwili wrócić, znała przecież drogę.

Stała chwilę, nie wiedząc co począć, a potem sięgnęła na chybił trafił. Nie był to żaden opasły tom, tylko niezbyt gruba książka. Usiadła na podłodze i położyła ją na kolanach. Poczuła lęk, że gdy już otworzy książkę, nic się nie wydarzy, że nie będzie potrafiła odczytać zawartego w niej przesłania.

„Muszę zaryzykować. Nie wolno się bać porażki", pomyślała i otworzyła księgę. Gdy tylko jej wzrok padł na odkrytą stronę, zakręciło się jej w głowie, poczuła się źle.

„Zaraz zemdleję", zdążyła pomyśleć, a potem wszystko spowił mrok.

Obudziły ją krople deszczu kapiące na twarz. Miała bardzo dziwny, zagadkowy sen, a w nim unoszące się w powietrzu katedry i biblioteki pełne książek. Przecież nigdy nie była w żadnej bibliotece.

– Loni, lepiej ci?

Nie, wcale nie było jej lepiej. Nie czuła prawej stopy, a to był zły znak. Nie chciała rozmawiać, żeby sen się nie ulotnił.

– Loni, obudź się.

Mam pewnie gorączkę, majaczę, ale wszystko wydaje się takie realne. Chciała, żeby głos zamilkł, bo sen znikał, a ona wciąż nie potrafiła go zrozumieć.

Niebo było zasnute niskimi chmurami, które niemal dotykały najwyższej wieży zamku. Zapatrzyła się na nie. Dobrze, że nie widać gwiazd, bo kapłani mówili, że nawet gwiazdy mi nie sprzyjają.

Deszcz ustał, zanim otworzyła oczy. Ucieszyła się z deszczu, bo to oznaczało, że zamkowe cysterny wypełniły się wodą. Z wolna błądziła wzrokiem po chmurach, wieży zamkowej, a potem niżej, po ogniskach na dziedzińcu i po wylękłym tłumie, kłębiącym się wokół.

– Talbo – wyszeptała.

Objął ją. Poczuła chłód zbroi i zapach spalenizny w jego włosach.

– Ile czasu minęło? Jaki dziś dzień?

– Leżałaś trzy dni nieprzytomna.

Spojrzała na Talba i zrobiło jej się go żal. Wychudł, miał zmęczoną, osmaloną twarz. Ale to było bez znaczenia. Kochała go.

– Talbo, chce mi się pić.

– Nie ma wody. Francuzi odkryli sekretne przejście.

Znów usłyszała w głowie Głosy. Przez długi czas nienawidziła ich. Miała za męża rycerza, najemnego wojownika, który wojaczce poświęcał większą część roku. Zawsze się bała, że Głosy oznajmią jej jego śmierć na polu bitwy. Znalazła sposób na to, by ich nie słyszeć: wystarczyło skupić myśl na drzewie rosnącym nieopodal wioski. Ilekroć tak robiła, Głosy milkły. Ale teraz była bardzo słaba i Głosy wróciły.

– Umrzesz – mówiły – ale on ocaleje.

– Talbo, przecież padało – nalegała. – Chcę wody.

– Spadło zaledwie parę kropli. Tyle co nic.

Loni znów spojrzała na chmury. Wisiały już tak od tygodnia, zasnuwając słońce, czyniąc zimę ostrzejszą i przydając zamkowi ponurego wyglądu. Może francuscy katolicy mieli rację. Może istotnie Bóg był po ich stronie.

Zbliżyło się do nich kilku najemnych żołnierzy. Wszędzie płonęły ogniska. Miała wrażenie, że jest w piekle.

– Panie komendancie, kapłani zwołali ludność – zameldował jeden z nich.

– Najęliśmy się, żeby walczyć, a nie umierać! – zawołał inny.

– Francuzi zaproponowali warunki – odrzekł Talbo. – Kto się nawróci na wiarę katolicką, może odejść wolno.

– Doskonali się nie zgodzą – podszeptywały Głosy. Loni dobrze o tym wiedziała. Znała ich. To z ich powodu się tu znalazła, zamiast jak zwykle czekać na Talba w domu. Od czterech miesięcy trwało oblężenie zamku, w którym schronili się Doskonali. Kobiety z wioski przynosiły im żywność, odzienie i broń tajemnym przejściem. Przez cały ten czas spotykały się ze swymi mężami i to dzięki nim zamek mógł się bronić. Ale teraz nieprzyjaciel odkrył tajemne przejście i odciął Loni i innym kobietom drogę powrotu. Próbowała usiąść. Stopa już nie bolała. Głosy mówiły, że to zły znak.

– Nie mamy nic wspólnego z ich Bogiem, panie komendancie. Nie będziemy umierać w imię ich Boga – odezwał się inny żołnierz.

Od strony zamku zabrzmiał gong. Talbo powstał.

– Zabierz mnie ze sobą – poprosiła. Spojrzał na swoich towarzyszy i na drżącą przy nim kobietę. Przez chwilę nie wiedział, co począć. Jego nawykli do wojaczki żołnierze wiedzieli, że zakochani wojownicy uciekają z pola bitwy.

– Talbo, ja wiem, że umieram. Proszę, zabierz mnie ze sobą.

Jeden z najemników spojrzał na dowódcę.

– Nie powinniśmy jej tu samej zostawiać – rzekł.

– Francuzi mogą znów zacząć ostrzał.

Talbo udał, że przekonał go ten argument, chociaż wiedział, że Francuzi nie otworzą ognia. Trwało zawieszenie broni i pertraktacje o warunkach poddania twierdzy Monségur. Żołnierz rozumiał, co działo się w jego sercu, pewnie i on był zakochany.

– On wie, że umrzesz – wyszeptały Głosy, gdy Talbo delikatnie wziął ją na ręce. Nie chciała ich słuchać. Przypominała sobie pewien letni wieczór, kiedy Talbo niósł ją przez łany pszenicy. Wtedy też czuła pragnienie, które ugasiła wodą z górskiego strumyka.

Tłum zebrał się przy wielkiej skale, stanowiącej część obwarowań Monségur – żołnierze, starcy, kobiety i dzieci. Dławiąca cisza zawisła w powietrzu, nie z szacunku dla kapłanów, lecz ze strachu przed tym, co miało nastąpić.

Zjawili się kapłani, odziani w czarne płaszcze z wielkimi żółtymi krzyżami wyhaftowanymi na piersiach. Było ich wielu. Usiedli na stopniach przy skale, u stóp wieży. Ostatni przybył siwowłosy kapłan. Wspiął się na najwyższą część muru. Płomienie rozświetlały jego postać, a wiatr rozwiewał poły czarnego płaszcza.

Prawie wszyscy uklękli. Lekko pochyleni, z rękami złożonymi do modlitwy, po trzykroć uderzyli głowami o ziemię. Talbo i jego wojownicy stali, najęto ich jedynie do walki.

– Ofiarowano nam wybór – rzekł kapłan. – Możemy poddać się, przyjąć inną wiarę i ujść z życiem.

Przez tłum przebiegł szmer ulgi.

– Dusze obcego Boga pozostaną w królestwie tego świata. Dusze Boga prawdziwego wrócą na łono Jego nieskończonego miłosierdzia. Wojna trwać będzie nadal, lecz nie będzie wieczna, bo obcy Bóg zostanie w końcu zwyciężony, nawet jeśli uda mu się nakłonić do zła część aniołów. Obcy Bóg będzie pokonany, ale nie unicestwiony. Będzie się smażyć w piekle przez całą wieczność, wraz z duszami, które zdoła przeciągnąć na swoją stronę.

Zebrani wpatrywali się w stojącego na murach starca. Nie byli już tacy pewni, czy wolą uciekać, a potem cierpieć przez całą wieczność.

– Kościół katarski jest prawdziwym Kościołem – mówił dalej kapłan. – Za sprawą Jezusa Chrystusa i Ducha Świętego zjednoczyliśmy się z Bogiem. Nie musimy ponownie wracać na Ziemię, by zaczynać nowe życie. Nie musimy wracać do królestwa obcego Boga.

Spośród kapłanów wystąpiło naprzód trzech, każdy z Biblią w dłoniach.

– Tym, którzy zechcą umrzeć z nami, rozdamy teraz consolamentum. Tam w dole czeka nas stos, okrutna, powolna śmierć. Będziemy cierpieć katusze, bo bólu ciała trawionego przez płomienie nie da się porównać z niczym, czego dotąd doświadczyliście. Jednak tylko prawdziwi katarzy dostąpią tego zaszczytu. Reszta jest skazana na życie.

Dwie kobiety zbliżyły się nieśmiało do kapłanów. Jakiś podrostek wyrwał się matce i również podszedł bliżej.

Czterech najemników zwróciło się do Talba.

– Chcemy przyjąć sakrament chrztu, panie komendancie.

– Tak zostaje zachowana Tradycja – odezwały się Głosy. – Gdy ludzie są gotowi umierać za ideały.

Loni czekała na decyzję Talba. Najemnicy całe życie walczyli dla pieniędzy, aż spotkali tych ludzi, zdolnych walczyć w imię swoich przekonań.

Talbo przyzwalająco skinął głową. Tracił kilku ze swych najlepszych rycerzy.

– Chodźmy stąd – wyszeptała Loni. – Zabierz mnie na mury. Powiedzieli, że kto chce, może odejść.

– Lepiej odpocznijmy, Loni.

– Umrzesz – znów zaszeptały Głosy.

– Talbo, chcę zobaczyć Pireneje. Chcę jeszcze raz spojrzeć na dolinę. Przecież wiesz, że umieram.

Wiedział. Nawykł do bitew, widział niejedną śmiertelną ranę. Rana Loni od trzech dni się jątrzyła, zatruwając krew.

Loni stała u progu śmierci. Już nie miała gorączki, a to, Talbo wiedział, był zły znak. Gdy stopa bolała i trawiła ją gorączka, organizm wciąż walczył. Teraz nie było już walki, tylko pogodzenie się ze śmiercią.

– Nie boisz się – powiedziały Głosy.

Nie, Loni nie bała się. Od dziecka wiedziała, że śmierć jest tylko nowym początkiem. Wtedy lubiła Głosy. Miały twarze, ciała i gesty, które tylko ona widziała. Były istotami z innych światów, które rozmawiały z nią i nigdy jej nie opuszczały. Miała ciekawe dzieciństwo. Z pomocą niewidzialnych przyjaciół przestawiała sprzęty albo wydawała dziwne odgłosy, strasząc rówieśników. Jej matka cieszyła się, że żyją wśród katarów. „Gdyby tu byli katolicy, spłonęłabyś na stosie", mawiała. Katarzy nie zwracali na to uwagi. Dla nich ludzie byli z natury dobrzy albo źli i żadna siła Wszechświata nie mogła tego zmienić.

A potem przyszli Francuzi i oznajmili, że państwo katarskie nie ma prawa bytu. I od ósmego roku życia widziała tylko wojnę.

Wojnie zawdzięczała najwspanialszy dar – męża z odległego kraju, najętego przez katarskich kapłanów, którzy sami nigdy nie chwytali za broń. Ale przez wojnę doznała też zła – strachu przed spaleniem żywcem, bo katolicy nieuchronnie zbliżali się do jej wioski. Zaczęła się bać swych niewidzialnych przyjaciół, którzy powoli znikali z jej życia. Ale Głosy pozostały. Mówiły, co się zdarzy i co powinna zrobić. Nie chciała ich przyjaźni, bo wiedziały zbyt wiele. Wtedy jeden z Głosów nauczył ją sztuczki ze świętym drzewem i od czasu ostatniej krucjaty przeciw katarom, podczas której francuscy katolicy wygrywali bitwę za bitwą, już ich nie słyszała.

Jednak dziś nie miała siły myśleć o drzewie. Głosy znów były przy niej, ale teraz jej to nie przeszkadzało. Wręcz przeciwnie, potrzebowała ich, miały wskazać jej drogę po śmierci.

– Nie martw się o mnie, Talbo. Nie boję się umierać – powiedziała.

Stanęli na murach. Dął chłodny, przenikliwy wiatr. Talbo szczelniej owinął się płaszczem. Loni nie czuła już zimna. Patrzyła na światła wioski na horyzoncie i na światła obozu u podnóża góry. Ogniska paliły się w całej dolinie. Francuzi czekali na ostateczną decyzję. Z dołu dobiegały dźwięki fletu i czyjś śpiew.

Loni poczuła nieposkromioną złość wobec życia. Głosy mówiły, że Talbo spotka inne kobiety, będzie miał dzieci, wzbogaci się na łupieniu miast. „Ale już nigdy nikogo nie pokocha tak jak ciebie, bo jesteś jego częścią na zawsze", szeptały.

Stali objęci, zapatrzeni w krajobraz w dolinie, słuchając śpiewu żołnierzy. Loni czuła, że kiedyś, tak dawno, że nie pamiętały tego nawet Głosy, na tych wzgórzach toczyła się niejedna bitwa.

– Talbo, jesteśmy wieczni. Tak mówiły mi Głosy, kiedy jeszcze widziałam ich ciała i twarze.

Wiedział o darze żony, ale od dawna o nim nie wspominała. Może teraz tylko majaczy.

– Mimo to, każde nasze życie jest inne. Może już nigdy się nie spotkamy. Chcę, żebyś wiedział, że zawsze cię kochałam. Kochałam cię, zanim cię poznałam. Jesteś częścią mnie. Umrę. Jutro to tak samo dobry

dzień, jak każdy inny. Chcę umrzeć z kapłanami. Nigdy nie rozumiałam tego, co głoszą, ale chcę im towarzyszyć w przejściu do innego życia. Może będę dobrą przewodniczką, bo kiedyś byłam już w innych światach.

„Ironia losu", pomyślała. Lękała się Głosów, bo mogły zawieść ją na stos. A przecież stos i tak był jej pisany.

Talbo spojrzał na żonę. Jej oczy zaczęły tracić blask, ale wciąż, jak w dniu, gdy ją poznał, bił od niej osobliwy urok. Pewne sprawy przemilczał, zachował dla siebie. Nigdy nie wspominał o kobietach, jakie dostawał w nagrodę za wygrane bitwy, o tych, które poznał podróżując po świecie, ani o tych, które z nadzieją czekały na jego powrót. Nie opowiedział jej, bo był pewien, że i tak wie o wszystkim i wszystko mu wybacza, była przecież jego wielką Miłością, a wielka Miłość stoi ponad sprawami tego świata.

Ale nie mówił jej też tego, czego już nigdy jej nie wyjawi: że to dzięki niej, jej czułości, dobroci i pogodzie ducha, odnalazł na nowo sens życia. Że to miłość do niej gnała go w najodleglejsze zakątki Ziemi, bo chciał być bogaty i zbudować dom, gdzie żyliby razem spokojnie do końca swych dni. Ufał bezgranicznie tej delikatnej istocie, której dusza właśnie gasła. Walczył zaciekle, żeby po bitwie zapomnieć o okrucieństwach wojny na jej łonie. Jedynym, na którym mógł złożyć głowę i zasnąć jak dziecko.

– Talbo, idź po kapłana – poprosiła. – Chcę przyjąć chrzest.

Zawahał się przez chwilę. Tylko żołnierze wybierali sobie śmierć. Ale ta kobieta oddała swoje życie za miłość. Może dla niej miłość była formą walki.

Podniósł się i zszedł po schodach. Loni próbowa-
ła skupić się na dochodzącej z oddali muzyce, która
osładzała jej myśl o nadchodzącej śmierci. Głosy nie
milkły ani na chwilę.

– Podczas swego życia każda kobieta może posłu-
żyć się Czterema Pierścieniami Objawienia. Ty uży-
łaś tylko jednego, i to nie tego, co trzeba – *mówiły.*
Loni spojrzała na swoje palce, poranione, z poła-
manymi paznokciami. Nie dostrzegła tam żadnego
pierścienia.

– Wiesz, że chodzi o pierścień dziewicy, pierścień
świętej, pierścień męczennicy i pierścień czarownicy.
W głębi serca wiedziała, ale zdążyła zapomnieć.
Słyszała o tym dawno temu, w czasach, gdy ludzie
inaczej się odziewali i inaczej widzieli świat, kiedy
nosiła inne imię i mówiła innym językiem.

– Są to cztery sposoby współistnienia kobiety
z Wszechświatem – *mówiły Głosy, jakby istotne by-*
ło przypominać jej teraz o sprawach tak zamierz-
chłych. – Dziewica posiada i siłę mężczyzny, i siłę
kobiety, jest skazana na Samotność, która wyjawia
jej swe tajemnice. To jest cena, jaką musi zapłacić
dziewica – nie potrzebuje nikogo, spala się w miłości do wszystkich, a w Samotności odkrywa mądrość świata.

Loni nie odrywała wzroku od obozu w oddali.
Tak, wiedziała.

– Męczennica – *ciągnęły Głosy* – ma siłę tych,
którym ból i cierpienie nie czynią krzywdy. Rezygnu-
je z siebie i w Poświęceniu odkrywa mądrość świata.

Loni znów spojrzała na swoje dłonie. Na jednym
z palców połyskiwał niewidoczny pierścień Mę-
czennicy.

– Mogłaś wybrać objawienie Świętej, nawet jeśli
ten pierścień nie był ci przeznaczony – *mówiły Gło-*

sy. – Święta posiada odwagę tych, dla których dawanie jest jedynym sposobem brania. Jest studnią bez dna, z której ludzie stale czerpią. A gdy zbraknie wody, oddaje swą krew, żeby napoić spragnionych. W Oddaniu Święta odkrywa mądrość świata.

Głosy umilkły. Loni usłyszała kroki Talba na kamiennych stopniach. Wiedziała, który miał być jej pierścień w tym życiu – ten sam, który należał do niej w każdym poprzednim, kiedy nosiła inne imiona i mówiła innymi językami. Ten pierścień pozwala odkryć mądrość świata w Przyjemności.

Teraz nie chciała o tym pamiętać. Na jej palcu błyszczał niewidzialny pierścień Męczennicy.

Talbo zbliżył się. Uniosła ku niemu wzrok i ujrza-la cudowną światłość, niczym jasność słonecznego dnia.

– Zbudź się – wyszeptały Głosy.

Ale to były inne głosy. Poczuła czyjś dotyk na le-wej dłoni.

– Wstawaj, Brido.

Otworzyła oczy i oślepiona światłem słonecznym natychmiast je zamknęła. Śmierć jest dziwna.

– Otwórz oczy – powtórzyła Wikka.

Przecież musiała wracać do zamku. Mężczyzna, którego kochała, poszedł po księdza. Nie mogła tak po prostu odejść. Był sam i jej potrzebował.

– Opowiedz mi o twoim Darze.

Wikka nie pozostawiała jej czasu na rozmyślania. Wiedziała, że dziewczyna doświadczyła czegoś nie-zwykłego, nieporównanie głębszego aniżeli ekspery-ment z tarotem. Nie dawała jej spokoju, nie pozwala-ła pomyśleć, nie rozumiała i nie chciała uszanować jej uczuć. Za wszelką cenę próbowała poznać jej Dar.

– Mów o swoim Darze – nalegała.

Brida zaczerpnęła głęboko powietrza, hamując złość, ale nie miała wyjścia. Wikka nie ustąpi, będzie nalegać do skutku.

– Byłam zakochana w...

Wikka nagle zakryła jej dłonią usta, potem podniosła się, nakreśliła w powietrzu jakieś dziwne znaki i popatrzyła Bridzie w oczy.

– Bóg jest słowem. Uważaj! Uważaj, co mówisz w każdej chwili życia.

Dziewczyna nie rozumiała, o co jej chodzi.

– Bóg objawia się we wszystkim, ale słowo jest Jego ulubionym narzędziem, bo słowo jest myślą zamienioną w wibracje. Wysyłasz w otaczające cię powietrze to, co dotychczas było tylko energią. Musimy bardzo uważać na to, co mówimy. Słowo ma większą moc niż większość rytuałów.

Brida nadal nic nie rozumiała. Przecież swoje przeżycia mogła wyrazić tylko słowami.

– Gdy wspomniałaś o zakochanej kobiecie – wyjaśniała Wikka – nie byłaś nią. Byłaś zaledwie jej cząstką. Inni mogą mieć zapisaną w pamięci tę samą przeszłość.

Brida poczuła, jakby ktoś ją okradł. „Tamta kobieta była taka silna, pomyślała, nie chcę z nikim się nią dzielić. No i był jeszcze Talbo".

– Mów o swoim Darze – po raz kolejny powtórzyła Wikka. Nie mogła dopuścić, by dziewczyna upajała się swymi doznaniami. Podróże w czasie często kończyły się kłopotami.

– Mam wiele do opowiedzenia. Tylko z panią mogę o tym porozmawiać, bo nikt inny mi nie uwierzy. Proszę mnie wysłuchać – błagała Brida.

Zaczęła od początku, od chwili, gdy na swojej twarzy poczuła krople deszczu. Musiała się śpieszyć, bo druga taka szansa może się jej nie trafić – szansa opowiedzenia wszystkiego komuś, kto wierzył w rzeczy niezwykłe. Wiedziała, że nikt inny nie wysłucha jej z równą uwagą, bo ludzie, nawykli do swych domów, pracy, marzeń, nie chcą wiedzieć, że życie jest magiczne. Gdyby nagle zjawił się ktoś, kto powiedziałby im o podróżach w czasie, o zamkach we Wszechświecie, o tarocie, który opowiada historie, o ludziach wędrujących przez Ciemną Noc – wtedy ci, co nigdy czegoś takiego nie doświadczyli, poczuliby się ograbieni przez los. Dla nich życie było zawsze takie samo, w dzień powszedni i w święta, za dnia i nocą.

Dlatego należało wykorzystać szansę. A jeśli słowa są Bogiem, to niech zostanie zapisane wokół niej w powietrzu, że odbyła podróż w przeszłość i pamiętała każdy jej szczegół, tak jakby to się zdarzyło teraz, tu, w tym lesie. Bo jeśli kiedyś ktoś zdoła udowodnić jej, że nic z tego się nie zdarzyło, jeśli z upływem czasu sama zacznie w to wątpić, jeśli w końcu uzna, że było to tylko złudzenie, słowa wypowiedziane tego popołudnia w lesie wciąż będą wibrowały w powietrzu i przynajmniej jedna osoba, dla której magia była nieodłączną częścią życia, będzie wiedziała, że zdarzyło się to naprawdę.

Opisała zamek, kapłanów w czarno-złotych szatach, dolinę rozświetloną ogniskami, męża i jego myśli, których nie ubierał w słowa, a mimo to ona je pojmowała. Wikka słuchała cierpliwie, okazując większe zainteresowanie tylko wtedy, gdy mowa była o głosach w głowie Loni. Wtedy przerywała i pytała, czy były to głosy męskie czy kobiece (były i takie, i takie), czy przekazywały emocje, agresję, współczucie (nie, były beznamiętne) i czy pojawiały się na żądanie ilekroć chciała (nie znała odpowiedzi na to pytanie, zbyt mało miała czasu, by się o tym przekonać).

– Dobrze, możemy wracać – oznajmiła Wikka. Zdjęła tunikę i zapakowała ją do torby. Brida strapiła się. Liczyła na pochwały, lub przynajmniej jakieś wyjaśnienie. Ale Wikka przypominała ten rodzaj lekarzy, których bardziej interesują objawy choroby niż jej przyczyny.

Powrotna droga zajęła im dużo czasu. Ilekroć Brida chciała wrócić do tematu, Wikkę zaczynał interesować wzrost cen, uliczne korki w godzinach szczytu i problemy, jakie piętrzył zarządca jej kamienicy. Dopiero gdy usiadły w fotelach, wróciła do przeżyć dziewczyny.

– Powiem tylko jedno. Nie staraj się szukać wyjaśnienia dla własnych emocji. Przeżywaj wszystko jak najintensywniej, a odczucia potraktuj jako dar od Boga. Jeśli nie potrafisz znieść świata, w którym żyć jest ważniejsze aniżeli rozumieć, lepiej od razu zrezygnuj z magii. Najprostszym sposobem na zniszczenie pomostu między widzialnym a niewidzialnym jest próba wyjaśnienia emocji.

Emocje są jak dzikie konie. Brida wiedziała, że rozum nigdy nad nimi całkowicie nie panuje. Kiedyś bez słowa wyjaśnienia rzucił ją chłopak. Po jego odejściu miesiącami przesiadywała w domu, analizując jego rozliczne wady i jeszcze liczniejsze mankamenty ich związku. Ale co rano budziła się z myślą o nim i wiedziała, że gdyby zadzwonił, bez chwili wahania pobiegłaby na spotkanie.

W kuchni zaszczekał pies. Wiedziała, że to sygnał końca jej wizyty.

– Nawet nie porozmawiałyśmy! – zawołała rozżalona. – Muszę zadać przynajmniej dwa pytania.

Wikka wstała. Ta dziewczyna zawsze zostawiała najważniejsze pytania na koniec, kiedy powinna już sobie iść.

– Czy kapłani, których widziałam, żyli naprawdę?

– Przeżywasz coś niezwykłego, a już niespełna dwie godziny później próbujesz przekonać siebie samą, że były to jedynie wytwory twojej wyobraźni – powiedziała Wikka, podchodząc do półki. Brida przypomniała sobie, jak w lesie rozmyślała o ludziach lękających się niezwykłego. I zawstydziła się.

Wikka wróciła z książką.

– Katarzy, czy inaczej Doskonali, byli kapłanami kościoła powstałego na południu Francji pod koniec XII wieku. Wierzyli w reinkarnację, w absolutne Dobro i absolutne Zło. Świat według nich był podzielony na wybranych i straconych, co oznaczało, że nawracanie kogokolwiek nie miało sensu. Katarzy nie przywiązywali wagi do dóbr doczesnych, dlatego panowie feudalni w Langwedocji chętnie nawracali się na ich wiarę, żeby uniknąć wysokich podatków, jakie nakładał na nich kościół katolicki. Z drugiej strony skoro już przy narodzinach wiadomo było, kto jest dobry a kto zły, katarzy odnosili się bardzo tolerancyjnie do problemu płci, szczególnie zaś do kobiet. Stawiali wysokie wymagania tylko tym, którzy przyjmowali święcenia kapłańskie. Wszystko szło dobrze, dopóki ruch nie zaczął się rozprzestrzeniać. Kościół katolicki poczuł się zagrożony i zwołał krucjatę przeciw heretykom. Przez czterdzieści lat katarzy i katolicy toczyli między sobą krwawe bitwy. Ostatecznie legaliści, popierani przez wiele narodów, zdołali rozgromić miasta, które przyjęły nową religię. Opierała się jedynie warownia w Monségur w Pirenejach. Tam katarzy stawiali długo opór, dopóki Francuzi nie odkryli tajemnego przejścia, przez które do oblężonych docierała pomoc. Pewnego marcowego poranka 1244 roku, po kapitulacji, dwustu dwudziestu katarów rzuciło się z pieśnią na ustach w ogromny stos rozpalony u stóp góry, na której wznosił się zamek.

Wikka wyrecytowała to wszystko jednym tchem, trzymając zamkniętą książkę. Dopiero gdy skończyła, otworzyła ją i odszukała fotografię, na której Brida zobaczyła ruiny niemal całkowicie zniszczonej wieży i prawie nietknięte mury. Dziedziniec, schody, po których Talbo niósł Loni, skałę, która stanowiła część obwarowania.

– Mówiłaś, że masz jeszcze jedno pytanie.

Było to już bez znaczenia. Miała mętlik w głowie. Dziwnie się czuła. Z wysiłkiem przypomniała sobie, co jeszcze chciała wiedzieć.

– Dlaczego właściwie traci pani na mnie czas? Czemu chce mnie pani uczyć?

– Bo tak nakazuje Tradycja – odpowiedziała Wikka. – W swych kolejnych wcieleniach niewiele się zmieniłaś. Należysz do tego samego rodzaju ludzi, co ja i moi przyjaciele. Czujemy się odpowiedzialni za przetrwanie Tradycji Księżyca. Jesteś czarownicą.

Brida nie zwróciła uwagi na słowa Wikki. Nawet nie przeszło jej przez myśl, żeby ustalać kolejny termin spotkania. Pragnęła jedynie wyjść stąd, znaleźć się wśród zwykłych, codziennych spraw, które przywołają ją na nowo do znanego jej świata: do plamy zacieku na ścianie, do paczki papierosów rzuconej niedbale na podłogę, do listów zostawionych na stoliku przy wejściu.

„Jutro rano idę do pracy". Nagle zaczęła się przejmować harmonogramem dnia.

W drodze do domu zastanawiała się nad systemem rozliczeń eksportowych w swojej firmie i wpadła na pomysł uproszczenia pewnych procedur. Była zadowolona z siebie. Może jej propozycja spodoba się szefowi i dostanie podwyżkę?

Przyszła do domu, zjadła kolację i obejrzała coś w telewizji. Potem zanotowała swoje spostrzeżenia na temat systemu rozliczeniowego i zasnęła kamiennym snem.

Fakturowanie eksportu stało się ważne w jej życiu. Za to właśnie jej płacono.

Wszystko inne nie istniało. Wszystko inne było kłamstwem.

Przez cały tydzień wstawała wcześnie, pracowała sumiennie i nawet doczekała się zasłużonej pochwały od szefa. Nie opuściła ani jednego wykładu na wydziale i przekartkowała wszystkie czasopisma sprzedawane w kioskach. Robiła wszystko, żeby nie myśleć. A jeśli nawet wspominała Maga z gór i czarownicę z miasta, to egzaminy na studiach, albo plotka jednej z jej przyjaciółek na temat innej, skutecznie oddalały ją od tych wspomnień.

W piątek po zajęciach umówiła się ze swoim chłopakiem przed uniwersytetem. Poszli do kina, potem do pubu, do którego zwykle chodzili. Rozmawiali o filmie, o znajomych, o tym, co zdarzyło się w pracy. Spotkali przyjaciół, którzy wracali z jakiejś imprezy, zjedli razem kolację, dziękując Bogu, że w Dublinie o każdej porze znajdzie się otwarta restauracja.

O drugiej w nocy pożegnali się z przyjaciółmi i poszli do Bridy. Nastawiła płytę Irona Butterfly i podała podwójną whisky. Położyli się objęci na kanapie, Lorens bawił się jej włosami i pieścił piersi.

– To był wariacki tydzień – odezwała się nagle. – Pracowałam bez wytchnienia, przygotowywałam się do egzaminów i uzupełniłam braki w lodówce.

Płyta skończyła się. Podniosła się, by ją zmienić.

– Pamiętasz te obluzowane drzwi w szafce w kuchni? W końcu wezwałam kogoś, kto to naprawił. Byłam też kilka razy w banku. Raz po pieniądze, które przysłał mi ojciec, innym razem, żeby zdeponować czeki firmy, potem znowu...

Lorens wpatrywał się w nią uporczywie.

– Czemu tak na mnie patrzysz? – jej głos zabrzmiał ostro. Kim był ten wylegujący się na kanapie mężczyzna? Gapi się i niczego inteligentnego nie potrafi z siebie wydusić. To absurdalne. Nie potrzebowała go. Nie potrzebowała nikogo.

– No, czemu tak na mnie patrzysz? – powtórzyła.

Nic nie odpowiedział. Podniósł się i delikatnie podprowadził ją do kanapy.

– Nie słuchasz, co do ciebie mówię – powiedziała zbita z tropu.

Lorens wziął ją w ramiona.

„Emocje są jak dzikie konie", myślała.

– Opowiedz mi wszystko – wyszeptał. – Potrafię cię wysłuchać i uszanować twoją decyzję. Nawet jeśli w grę wchodzi inny mężczyzna. Nawet jeśli ma to być nasze rozstanie. Jesteśmy razem od jakiegoś czasu. Nie znam cię do końca, nie wiem, jaka jesteś. Ale wiem, jaka nie jesteś. Przez cały wieczór nie byłaś sobą.

Chciało jej się płakać. Ale wypłakała już wszystkie łzy podczas ciemnych nocy, przy tarocie, który mówił, w zaczarowanym lesie. Emocje są jak dzikie konie, trzeba je w końcu uwolnić.

Usiadła naprzeciw niego i opowiedziała mu wszystko, co zaszło od pierwszego spotkania z Magiem. Wysłuchał w milczeniu. Kiedy wspomniała o fotografii, spytał, czy przypadkiem na jakimś wykładzie nie słyszała o katarach.

– Wiem, że nie wierzysz w ani jedno moje słowo – odparła. – Uważasz, że to moja podświadomość wyrzuciła coś, co znałam wcześniej. Nie, Lorensie, nigdy nie słyszałam o katarach. Ale oczywiście ty masz na wszystko wytłumaczenie.

Nie mogła opanować drżenia rąk. Lorens wstał, wziął kartkę papieru i zrobił w niej dwa otwory w odległości około dwudziestu centymetrów. Wsparł kartkę o stojącą na stole butelkę whisky.

Potem przyniósł z kuchni korek. Usiadł u szczytu stołu, butelkę i kartkę przesunął na drugi koniec, a korek ustawił przed sobą.

– Podejdź tu – powiedział.

Brida wstała. Chciała ukryć drżenie rąk, ale chyba nawet tego nie zauważył.

– Wyobraźmy sobie, że ten korek jest elektronem, jedną z maleńkich składowych atomu. Teraz uważaj. Gdybym miał tutaj odpowiednią, skomplikowaną aparaturę, mógłbym „wystrzelić elektron" w stronę kartki, a wtedy przeszedłby on przez oba otwory jednocześnie i to nie dzieląc się. Wiedziałaś o tym?

– Nie wierzę – zdziwiła się. – To niemożliwe.

Lorens wyrzucił kartkę do kosza. A potem – wszak lubił porządek – odniósł korek na miejsce.

– Nie wierzysz, ale to prawda. Wszyscy naukowcy to wiedzą, choć nie umieją tego wyjaśnić. Nie wierzę w nic, co mi powiedziałaś, ale wiem, że to prawda.

Ciągle drżały jej ręce, ale nie płakała, panowała nad sobą. Zauważyła tylko, że alkohol przestał już działać. Myślała z niezwykłą jasnością.

– Jak zachowują się naukowcy wobec tajemnic nauki?

– Wchodzą w Ciemną Noc, że użyję określenia, którego mnie nauczyłaś. Wiemy, że tajemnica zawsze będzie nam towarzyszyć, zatem uczymy się ją akceptować i z nią żyć. Chyba to dotyczy wielu życiowych sytuacji. Matka wychowująca dziecko pewnie też czuje, że zanurza się w Ciemną Noc. Albo emigrant, który opuszcza swój kraj w poszukiwaniu godziwej, lepiej płatnej pracy. Wszyscy wierzą, że ich wysiłki zostaną nagrodzone i pewnego dnia zrozumieją, co zdarzyło się po drodze, i co napawało ich takim lękiem. To nie wyjaśnienia pchają nas do przodu, ale nasze pragnienie pójścia dalej.

Brida nagle poczuła niezwykłe zmęczenie. Potrzebowała snu, tego jedynego magicznego królestwa, do jakiego miała swobodny dostęp.

Tej nocy miała piękny sen. Śniły się jej morza i wyspy porośnięte bujną roślinnością. Obudziła się wczesnym rankiem, szczęśliwa, że Lorens leży u jej boku. Wstała i podeszła do okna sypialni, by popatrzeć na śpiący Dublin.

Przypomniała sobie ojca, który przynosił ją do okna, kiedy dręczył ją koszmarny sen.

A potem powróciła inna scena z dzieciństwa. Była z ojcem na plaży. Poprosił, żeby sprawdziła temperaturę wody. Miała pięć lat i ucieszyła się, że może się na coś przydać. Podeszła do brzegu i zanurzyła stopy.

– Zamoczyłam nogi, jest zimna – zawołała.

Ojciec wziął ją na ręce, zaniósł nad wodę i bez ostrzeżenia wrzucił do morza. Wystraszyła się, ale potem spodobało jej się to.

– No to jaka jest woda? – spytał ojciec.

– Dobra – odpowiedziała.

– Więc odtąd, gdy chcesz coś poznać, zanurz się w tym cała bez namysłu.

Bardzo szybko zapomniała tę lekcję. Miała dopiero dwadzieścia jeden lat, ale niejedno ją już w życiu pasjonowało, choć często zmieniała zainteresowania. Nie bała się trudności, przerażała ją konieczność wyboru.

Wybrać jedną z dróg oznaczało zrezygnować z innych. Miała całe życie przed sobą i bała się, że może w przyszłości żałować dzisiejszych wyborów.

„Boję się zaangażować", pomyślała w duchu. Chciała przemierzyć wszystkie możliwe drogi, a pewnie skończy nie przemierzywszy żadnej.

Nawet w najważniejszej w życiu sprawie, w miłości, nie angażowała się bez reszty. Po pierwszym rozczarowaniu zawsze starała się trzymać dystans. Bała się cierpienia, straty, rozstania. Oczywiście wszystko to w miłości jest nieuniknione, a jedynym sposobem, żeby się tego ustrzec, było w ogóle na tę drogę nie wkraczać. Żeby nie cierpieć, trzeba wyrzec się miłości. To tak jakby wydłubać sobie oczy, żeby nie oglądać ciemnych stron życia.

Bardzo trudno jest żyć. Trzeba podejmować ryzyko, wybierać jedne drogi, z innych rezygnować. Przypomniała sobie Wikkę i jej opowieść o ludziach, którzy podążają pewnymi drogami tylko po to, żeby udowodnić, że nie są dla nich. Ale nie to było najgorsze. Najgorsze było wybrać i zastanawiać się przez resztę życia, czy wybór był właściwy. Nikt nie potrafi wybierać bez lęku.

Takie jest prawo życia, Ciemna Noc, przed którą nikt nie zdoła uciec – nawet ci, którzy nigdy nie podjęli decyzji, nawet ci, którzy nie mieli odwagi, żeby cokolwiek zmienić, bo to już samo w sobie oznaczało podjęcie decyzji, zmianę, tyle tylko, że bez ukrytych skarbów Ciemnej Nocy.

Może Lorens ma rację. Kiedyś będzie się śmiać z dawnych lęków, tak jak się teraz śmieje z jadowitych węży i skorpionów, które wyobrażała sobie w lesie. Przerażona, zapomniała wtedy o patronie Irlandii, świętym Patryku, który dawno temu wygnał z kraju wszystkie węże.

– Jak dobrze, że jesteś, Lorens – wyszeptała, bojąc się że usłyszy.

Wróciła do łóżka, ale zanim zasnęła, przypomniała sobie jeszcze jedną historię z ojcem. Była niedziela, cała rodzina jadła obiad w domu babci. Miała pewnie czternaście lat i skarżyła się, że nie może odrobić lekcji, bo nie podoba się jej nic, co napisała.

– Może i to czegoś cię nauczy – skwitował ojciec. Ale Brida była pewna, że wybrała złą metodę i wszelkie jej wysiłki pójdą na marne.

Ojciec wziął ją za rękę i zaprowadził do salonu, gdzie zwykle babcia oglądała telewizję. Stał tam stary zegar. Nie działał, bo brakowało w nim części.

– Na świecie nic nie jest całkowicie złe, córeczko – powiedział tata, patrząc na zegar. – Nawet ten zepsuty zegar dwa razy na dobę wskazuje właściwą godzinę.

Wędrowała jakiś czas przez zalesione góry, zanim odnalazła Maga. Siedział wysoko na skale, patrzył na dolinę i na górskie szczyty. Z miejsca, w którym siedział, roztaczał się piękny widok. Przypomniała sobie, że duchy lubią takie miejsca.

– Czy Bóg jest jedynie Bogiem piękna? – spytała, podchodząc. – Co zatem z brzydkimi ludźmi i brzydkimi miejscami?

Mag milczał. Poczuła się nieswojo.

– Może mnie pan już nie pamięta. Byłam tu przed dwoma miesiącami. Spędziłam sama całą noc w lesie. I obiecałam sobie, że nie wrócę tu, dopóki nie odkryję własnej drogi. Poznałam kobietę o imieniu Wikka.

Mag drgnął, ale z ulgą stwierdził, że niczego nie zauważyła. Uśmiechnął się tylko: cóż za ironia losu.

– Wikka twierdzi, że jestem czarownicą – ciągnęła dziewczyna.

– I ufasz jej?

To było pierwsze pytanie, jakie jej zadał, odkąd się tu zjawiła. Ucieszyła się, bo to oznaczało, że jej słucha, czego dotąd nie była wcale pewna.

– Ufam – odpowiedziała. – Tak jak ufam Tradycji Księżyca. Ale wiem również, że to dzięki Tradycji

Słońca zrozumiałam Ciemną Noc. Dlatego jestem tu znowu.

– No to usiądź i podziwiaj zachód słońca – rzekł Mag.

– Nie mam zamiaru zostawać jeszcze raz sama w lesie – zastrzegła. – Ostatnim razem....

– Przestań – przerwał jej. – Bóg jest w słowach. Wikka mówiła to samo.

– Co powiedziałam nie tak?

– Jeśli powiesz „ostatni", może się tak stać, że w istocie będzie to ostatni raz. Powiedz lepiej „poprzednim razem, gdy tu byłam...".

Brida zmartwiła się. Odtąd będzie się musiała pilnować. Postanowiła usiąść w milczeniu i tak jak radził – podziwiać zachód słońca.

Ale takie bezczynne siedzenie irytowało ją. Zacznie się zmierzchać dopiero za godzinę, a miała jeszcze tyle spraw do omówienia, tyle pytań do zadania.

Ilekroć siedziała bezczynnie, czy przyglądała się czemuś w skupieniu, miała poczucie, że traci cenny czas, zamiast działać, poznawać nowe miejsca i nowych ludzi. Mogła wykorzystać ten czas o wiele pożyteczniej, bo tyle jeszcze trzeba się było nauczyć. W miarę jak słońce zbliżało się do horyzontu i przez chmury przeświecało coraz więcej purpurowo-złotych promieni, coraz silniej przepełniało ją uczucie, że właśnie tego było jej trzeba: usiąść i podziwiać zachód słońca taki jak ten.

– Umiesz się modlić? – zapytał po chwili.

Oczywiście, że umiała. Każdy umie się modlić.

– A zatem, gdy słońce zetknie się z horyzontem, pomódl się. W Tradycji Słońca ludzie łączą się z Bogiem za pomocą modlitwy. Modlitwa płynąca z duszy ma o wiele większą moc niż wszystkie rytuały.

– Nie wiem, jak się modlić, bo moja dusza milczy – odpowiedziała Brida.

Roześmiał się.

– Milczą tylko dusze ludzi prawdziwie oświeconych.

– Czemu więc nie potrafię się modlić prosto z duszy?

– Bo brak ci pokory, by wsłuchać się w to, czego pragnie. Wstydzisz się poznawać jej potrzeby, boisz się zanosić te prośby do Boga, bo sądzisz, że On nie ma czasu, by się nimi zająć.

Siedziała obok mędrca i patrzyła na zachód słońca. Jak zwykle w takich chwilach, wydawało się jej, że na to nie zasługuje.

– Czuję się niegodna. Zawsze uważałam, że duchowe poszukiwania są dla ludzi lepszych ode mnie.

– Tacy ludzie, jeśli rzeczywiście istnieją, nie muszą niczego szukać. Są sami w sobie przejawem ducha. Poszukiwanie jest stworzone dla ludzi takich jak my.

„Powiedział «jak my», myślała, a przecież przede mną jeszcze długa droga".

– Proszę, niech mnie pan nauczy się modlić.

Mag odwrócił twarz w kierunku słońca i zamknął oczy.

– Panie, jesteśmy istotami ludzkimi i nie mamy pojęcia o naszej wielkości. Obdarz nas pokorą, byśmy umieli prosić o to, czego nam brak, bo żadne pragnienie nie jest daremne i żadna prośba nie jest próżna. Każdy z nas umie zaspokajać pragnienia swej duszy. Daj nam odwagę patrzenia na nasze pragnienia tak, jakby wypływały ze źródła Twej wiecznej Mądrości. Bowiem tylko godząc się na nie możemy poznać, kim jesteśmy. Amen. Teraz twoja kolej – zwrócił się do dziewczyny.

– Panie, spraw, bym pojęła, że wszelkie dobro, jakie mi się przydarza, jest zasłużone. Uczyń, bym zrozumiała, że siła, która pcha mnie ku poznaniu Twej prawdy, jest tą samą, która inspirowała świętych, że moje zwątpienia były również ich udziałem, że i im nieobce były rozterki, jakie mnie nękają. Panie, spraw, bym stała się dość pokorna, by przyjąć prawdę, że nie różnię się od innych. Amen.

Siedzieli w milczeniu, patrząc na zachód słońca, aż ostatni promień światła zgasł za chmurami. Ich dusze modliły się, zanosiły prośby i składały dzięki za to, że są razem.

– Chodźmy do pubu – zaproponował mężczyzna.

Ruszyli w dół zbocza. Znowu przypomniał się jej dzień, gdy przybyła tu po raz pierwszy. Obiecała sobie już więcej nie wracać do tamtych wydarzeń; przecież to się naprawdę wydarzyło, nie musiała już siebie samej przekonywać.

Mag przyglądał się dziewczynie. Szła przed nim, stale się potykając, ale udawała, że nawykła do chodzenia po wilgotnej, usianej kamieniami ziemi. Przez chwilę lżej mu się zrobiło na sercu, ale zaraz potem powściągnął radość.

Boskie błogosławieństwa, by na nas spłynąć, muszą czasami roztrzaskać w drobny mak wszystkie przeszkody, które stoją na ich drodze.

„Lubię, gdy Brida jest przy mnie", pomyślał, gdy schodzili do wsi. Był mężczyzną z krwi i kości, jak każdy miał wady i zalety, nie czuł się jeszcze pewnie w roli mistrza. Na początku, gdy na nauki do lasu zjeżdżali ludzie z całej Irlandii, opowiadał im o Tradycji Słońca i radził: postarajcie się zrozumieć to, co was otacza, bo tu Bóg zawarł Swą mądrość, która jest w zasięgu każdego – wystarczy kilka prostych rytuałów, nic ponad to. O tym, jak nauczać zgodnie z Tradycją Słońca, pisał już Apostoł przed dwoma tysiącami lat: *I stanąłem przed wami w słabości i w bojaźni, i z wielkim drżeniem. A moja mowa i moje głoszenie nauki nie miały nic z uwodzących przekonywaniem słów mądrości, lecz były ukazywaniem ducha i mocy, aby wiara wasza opierała się nie na mądrości ludzkiej, lecz na mocy Bożej.*

Niestety, uczniowie nie chcieli mu wierzyć. Odchodzili zawiedzeni, że jest człowiekiem takim, jak wszyscy.

Powtarzał sobie, że to bez znaczenia, że jako mistrz ma obowiązek uczyć każdego, jak zdobywać Wiedzę. Ale chcieli czegoś więcej – potrzebowali przewodnika. Nie pojmowali, czym jest Ciemna Noc, ani tego, że wśród Ciemnej Nocy każdy przewodnik oświetla swą latarnią tylko to, co sam zechce ujrzeć. A jeśli przypadkiem latarnia zgaśnie, zagubią się, bo nie znają drogi powrotnej. Im potrzebny był przewodnik, który poprowadzi ich za rękę, i żeby zachować się, jak prawdziwy mistrz, musiał sprostać ich oczekiwaniom.

Dlatego w głoszone nauki zaczął wplatać elementy mało istotne, za to działające na wyobraźnię. I poskutkowało. Ludzie chętnie uczyli się Tradycji Słońca, a gdy w końcu docierało do nich, jak wiele z tego było całkowicie niepotrzebne, śmiali się sami z siebie. A Mag był zadowolony, bo zdołał opanować sztukę nauczania.

Z Bridą było inaczej. Jej modlitwa wzruszyła go. Dziewczyna rozumiała, że wszystkie ludzkie istoty żyjące na tej planecie są sobie równe. Niewielu odważa się głośno powiedzieć, że dawni wielcy mistrzowie, jak każdy, mieli wady i zalety, i że ten fakt w żaden sposób nie umniejsza ich zdolności obcowania z Bogiem. Uważać się za kogoś gorszego od innych to jeden z niezwykle rażących aktów dumy.

W pubie Mag zamówił dwie whisky.

– Niech pan spojrzy na tych ludzi – rzekła Brida. – Przychodzą tu pewnie co wieczór i co wieczór robią to samo.

Nie był już taki pewien, że dziewczyna uważa się za taką, jak inni.

– Zanadto przejmujesz się innymi – odpowiedział. – Oni są twoim odbiciem.

– To prawda. Sądziłam, że wiem, co mnie cieszy, a co zasmuca, ale niespodziewanie zdałam sobie sprawę, że muszę to jeszcze przemyśleć. A to trudne.

– Co sprawiło, że zmieniłaś zdanie?

– Miłość. Znam mężczyznę, który jest moim dopełnieniem. Przed trzema dniami dowiódł, że jego świat też jest pełen tajemnic. Nie jestem więc sama.

Mag pozostał niewzruszony. Przypomniał sobie o boskich błogosławieństwach, które czasem roztrzaskują wszystko, co stoi na ich drodze.

– Kochasz go?

– Odkryłam, że mogę go pokochać jeszcze mocniej. Jeśli ta droga nie nauczy mnie niczego nowego, to przynajmniej wiem jedno: warto podejmować ryzyko.

Wiele sobie obiecywał po tej nocy. Chciał pokazać jej, jak bardzo jest mu potrzebna, powiedzieć, że jest zmęczony samotnością; chciał, żeby dostrzegła w nim mężczyznę, nie mistrza. Tymczasem jej chodziło tylko o to, by dał jej odpowiedzi na pytania.

– Coś dziwnego wisi w powietrzu – powiedziała Brida.

– To Posłańcy – odrzekł. – Sztuczne demony, które nie są częścią Boskiego Lewego Ramienia i nie prowadzą ku światłości.

Oczy mu błyszczały. Istotnie coś się zmieniło, a on rozprawiał o demonach.

– Bóg stworzył legion Swego Lewego Ramienia, żebyśmy stali się lepsi, żebyśmy wiedzieli, co uczynić z naszą misją – ciągnął. – Ale pozostawił człowiekowi władzę nad jednoczeniem sił ciemności i powoływaniem własnych demonów.

To właśnie sam teraz robił.

– Możemy również zjednoczyć siły dobra – odpowiedziała nieco przestraszona.

– Nie możemy.

Pragnął, by zadała mu jakieś pytanie. Nie chciał wywoływać swojego demona. W Tradycji Słońca demony były nazywane Posłańcami. Potrafiły czynić i dobro, i zło. Tylko wielcy mistrzowie mogli je wzywać. Był jednym z wielkich mistrzów, ale teraz nie chciał ich przywoływać, bo siła Posłańca bywa niebezpieczna, zwłaszcza gdy w grę wchodzi zawód miłosny.

Brida nie wiedziała, co sądzić o słowach Maga. W ogóle dziwnie się zachowywał.

– Nie możemy skupić sił Dobra – ciągnął, nadludzkim wysiłkiem koncentrując się na własnych słowach. – Siła Dobra jest rozproszona niczym światło. Gdy promieniujesz Dobrem, korzysta cała ludzkość. Gdy skupiasz siły Posłańca, wówczas tylko ty korzystasz lub szkodzisz sobie.

Jego oczy błyszczały. Przywołał właściciela pubu i zapłacił.

– Chodźmy do mnie. Zrobię herbatę, a ty opowiesz mi, co cię naprawdę dręczy.

Zawahała się. Był pociągający. Bała się, czy ta noc nie stanie się końcem jej poszukiwań.

„Muszę podejmować ryzyko", powiedziała sobie w duchu.

Dom Maga stał na uboczu. Był w zupełnie innym stylu niż mieszkanie Wikki, ale równie wygodny i urządzony ze smakiem. Nie było w nim żadnych książek, niewiele mebli, co dawało wrażenie przestronności.

Poszli do kuchni zaparzyć herbatę, a potem wrócili do pokoju.

– Po co tu dzisiaj przyjechałaś? – zapytał.

– Obiecałam sobie, że wrócę, gdy się czegoś dowiem.

– I już coś wiesz?

– Co nieco. Wiem, że droga jest prosta i dlatego trudniejsza niż mi się z początku wydawała. Nie wolno mi wszystkiego komplikować. Moje pierwsze pytanie jest takie: Dlaczego traci pan na mnie czas?

„Bo jesteś moją Drugą Połową", pomyślał.

– Bo też potrzebuję kogoś, z kim mógłbym porozmawiać – odpowiedział.

– A co pan sądzi o drodze, którą wybrałam, o Tradycji Księżyca?

Musiał powiedzieć prawdę, nawet jeśli wolał, żeby była inna.

– To twoja droga. Wikka ma rację. Jesteś czarownicą. Nauki Boga poznasz z pamięci czasu.

Zamyślił się nad życiem. Dlaczego, gdy wreszcie spotkał swoją Drugą Połowę, okazało się, że dla niej jedyną drogą poznania jest Tradycja Księżyca?

– Jeszcze tylko jedno pytanie – odezwała się Brida. – Robi się późno, zaraz odjedzie ostatni autobus, a muszę to wiedzieć. Jestem pewna, że Wikka mnie tego nie nauczy. Wiem, bo jest taką samą kobietą jak ja. Zawsze będzie moją mistrzynią, ale w tej kwestii pozostanie nade wszystko kobietą. Chcę wiedzieć, jak odnaleźć swoją Drugą Połowę.

„Stoi przed tobą", pomyślał, ale nie odezwał się ani słowem. Zgasił światło, zostawiając zapaloną jedynie lampę, której wcześniej nie zauważyła, wypełnioną gęstą cieczą i pęcherzykami powietrza, które unosiły się i opadały, rzucając na pokój czerwono-niebieskie refleksy.

– Spotkaliśmy się dwa razy – mówił z wzrokiem utkwionym w lampie. – Mogę nauczać jedynie Tradycji Słońca, która budzi w człowieku wiedzę przodków.

– Jak można znaleźć Drugą Połowę w Tradycji Słońca?

– Każdy jej szuka.

„Tak też mówiła Wikka, pewnie uczyli się u tego samego mistrza", pomyślała Brida.

– Tradycja Słońca daje widoczny dla każdego znak, mówiący, że ktoś jest naszą Drugą Połową. Tym znakiem jest szczególny blask oczu.

– Widziałam już blask w wielu oczach – skomentowała Brida. – Dziś w pubie nawet pana oczy błyszczały. Tego blasku wszyscy szukają.

„Zapomniała o swojej modlitwie, pomyślał. Znowu myśli, że różni się od innych. Nie potrafi rozpoznać tego, co Bóg jej wspaniałomyślnie ukazuje".

– Nie umiem czytać z oczu – nie ustępowała. – Chcę się dowiedzieć, jak znaleźć Drugą Połowę w Tradycji Księżyca.

Mag zwrócił ku dziewczynie oczy zimne i bez wyrazu.

– Zasmuciłam pana, wiem. Jest panu przykro, bo nie potrafię uczyć się na prostych rzeczach. Za to pan nie rozumie, że ludzie cierpią, szukają się nawzajem, umierają z miłości i z miłości są zdolni zabić, i nawet nie wiedzą, że wypełniają boską misję odnalezienia swej Drugiej Połowy. Jest pan mędrcem i nie pamięta pan już, jak żyją zwykli ludzie, dlatego zapomina pan, że niosę ze sobą tysiąclecia rozczarowań i nie potrafię nauczyć się pewnych rzeczy czerpiąc z prostoty życia.

Mag siedział nieporuszony.

– Punkt – rzucił krótko. – Świetlisty punkt powyżej lewego ramienia Drugiej Połowy. Tak mówi Tradycja Księżyca.

– Pójdę już – powiedziała z nadzieją, że ją zatrzyma. Chciała tam zostać.

Tymczasem Mag podniósł się i odprowadził ją do drzwi.

– Nauczę się tego wszystkiego, co pan. Odkryję, jak dojrzeć ten punkt.

Poczekał, aż Brida zniknie mu z oczu. Nie musiał się martwić, za pół godziny miała autobus do Dublina. Poszedł do ogrodu. Myślał o Bridzie. Widział ją w autobusie, widział świetlisty punkt nad jej lewym ramieniem – punkt, który tylko on mógł dostrzec, bo jest przecież jego Drugą Połową. Pomyślał, że pewnie chciałaby już zakończyć poszukiwania, które zaczęły się w dniu jej narodzin. Wspominał, jak chłodna i odległa mu się wydała, kiedy weszli do jego domu, i pomyślał, że to dobry znak. To oznaczało, że nie do końca była pewna swych uczuć, że broniła się przed czymś, czego nie potrafiła zrozumieć.

Pomyślał też z żalem, że jest zakochana.

– Brido, nie ma człowieka, który by nie odnalazł swojej Drugiej Połowy – powiedział na głos do roślin w ogrodzie. Ale w głębi duszy wiedział, że pomimo wieloletniego obcowania z Tradycją musi umacniać swą wiarę i że w rzeczywistości te słowa kieruje do samego siebie.

– Wszyscy w jakimś momencie życia spotykamy ją i rozpoznajemy. Gdybym nie był Magiem i nie dostrzegłbym świetlistego punktu nad twym lewym ramieniem, dłużej by mi zajęło odkrycie, że ty nią jesteś, ale walczyłabyś o mnie i pewnego dnia dostrzegłbym ten szczególny blask w twoich oczach. Ale cóż, jestem Magiem i to ja muszę walczyć o ciebie, aby to, co wiem, stało się mądrością.

Długo siedział i rozmyślał o Bridzie wracającej autobusem do Dublina. Noc była chłodna. Lato miało się ku końcowi.

„W miłości nie wolno obawiać się ryzyka, i sama się o tym przekonasz. Od tysięcy lat ludzie poszukują się i odnajdują".

Nagle uświadomił sobie, że może się myli. Istnieje zawsze pewne ryzyko. Tylko jedno: że w tym samym wcieleniu ktoś spotka na swojej drodze więcej niż jedną Połówkę.

Zima i wiosna

Przez następne dwa miesiące Wikka wprowadzała Bridę w tajniki czarów. Kobiety, jak twierdziła, uczą się szybciej od mężczyzn, bo co miesiąc w ich ciałach dopełnia się cykl natury: od narodzin, przez życie, po śmierć. Cykl Księżyca, jak mówiła. W specjalnie do tego celu przeznaczonym zeszycie Brida notowała własne stany psychiczne od chwili pierwszego spotkania z Wikką. Systematycznie uzupełniała zapiski, a na okładce namalowała pięcioramienną gwiazdę, symbol Tradycji Księżyca. Wikka powiedziała jej, że każda czarownica prowadzi taki zeszyt, zwany Księgą Cieni na cześć sióstr, które poniosły śmierć w ciągu czterech wieków polowań na czarownice.

– Po co mi to?

– Musimy zbudzić twój Dar. Bez niego zdołasz poznać tylko Małe Misterium. Twój Dar jest twoim sposobem służenia światu.

W swoim mieszkaniu wyznaczyła osobne miejsce na rodzaj oratorium, gdzie dzień i noc paliła się świeczka. Według Tradycji Księżyca świeczka jest symbolem czterech żywiołów: ziemi, którą ucieleśnia knot; wody, którą wyobraża parafina; płonącego ognia i powietrza, które ten płomień podtrzymuje. Świeczka służyła też jako przypomnienie, że ma do spełnienia misję. Tylko świeczka stała na widoku, wszystko inne należało schować głęboko w szufladzie. Od średniowiecza Tradycja Księżyca nakazywała czarownicom zachować swe praktyki w jak największej tajemnicy, bo wiele przepowiedni mówiło o nadejściu Ciemności przed upływem tysiąclecia. Ilekroć po powrocie do domu Brida widziała płomień świeczki, czuła na swych barkach dziwną, niemal świętą odpowiedzialność.

– Musisz też wsłuchiwać się w szmer świata – radziła Wikka. – Usłyszysz go wszędzie. Ten szum, lekki pomruk, nigdy nie ustaje. Słychać go w górach, w mieście, w niebie i w morskich głębinach. To Dusza Świata, zmieniająca się, dążąca ku światłu. Czarownica musi uważnie się weń wsłuchiwać, bo sama jest ważnym elementem w tej podróży.

Wyjaśniła także, że przodkowie porozumiewają się z naszym światem za pośrednictwem symboli. Nawet gdyby nikt ich nie słuchał, nawet gdyby wszyscy zapomnieli języka symboli, przodkowie i tak nie przestaną mówić.

– Czy oni są takimi samymi istnieniami jak my? – spytała kiedyś Brida.

– Oni to my. Pewnego dnia dociera do nas z całą mocą to wszystko, co odkryliśmy w minionych życiach i co wielcy mędrcy pozostawili zapisane we Wszechświecie. Jezus rzekł: *Z Królestwem Bożym dzieje się tak, jak gdyby ktoś nasienie wrzucił w ziemię. Czy śpi, czy czuwa, we dnie i w nocy nasienie kiełkuje i rośnie, on sam nie wie jak.* Ludzie wciąż czerpią z tego niespożytego źródła, a gdy wszyscy straszą, że ludzkość jest skazana na zagładę, zawsze znajduje jakiś sposób na przetrwanie. Przeżyliśmy, gdy małpy przegoniły ludzi z drzew, przeżyliśmy potopy. I przeżyjemy, gdy wszyscy przygotowywać się będą na koniec świata. Jesteśmy odpowiedzialni za Wszechświat, bo to my jesteśmy Wszechświatem.

Wikka kazała jej znaleźć sztylet obosieczny z falistym ostrzem na kształt płomienia. Brida szukała go po sklepach, ale nic odpowiedniego nie znalazła. W końcu pomógł jej Lorens, który poprosił o wykonanie takiego ostrza znajomego chemika metalurga z uniwersytetu. Potem sam osadził je w rzeźbionej rękojeści i dał jej sztylet w prezencie, na znak, że wspiera ją i szanuje jej duchowe poszukiwania.

Sztylet został poświęcony przez Wikkę podczas obrzędu pełnego magicznych zaklęć, symboli kreślonych węglem na ostrzu, przy wtórze uderzeń drewnianą łyżką. Miał się stać przedłużeniem jej ramienia i koncentrować całą energię ciała w ostrzu. Takiemu samemu celowi służyły wróżkom czarodziejskie różdżki, a magom miecze.

Symbole kreślone węglem i uderzanie drewnianą łyżką mocno zdziwiły Bridę, ale Wikka i to jej objaśniła. W czasach polowań na czarownice, dla zmylenia prześladowców wiedźmy musiały posługiwać się w obrzędach przedmiotami codziennego użytku. Stąd sztylet, węgiel i zwykła, stołowa łyżka, bo pamięć o pierwotnych przedmiotach obrzędowych i materiałach, z których zostały wykonane, zaginęła.

Brida nauczyła się palić kadzidło i kreślić sztyletem symbole w magicznym kręgu. Przy każdej zmianie fazy księżyca stawiała na parapecie czarę pełną wody, by odbiła się w niej jego tarcza. Potem sama się przeglądała w tafli wody, a gdy na odbiciu jej twarzy księżyc znalazł się pośrodku jej czoła, mąciła sztyletem powierzchnię wody, a wtedy dwa nakładające się na siebie odbicia rozpadły się na kawałki. Natychmiast wypijała wodę, żeby wchłonąć księżycową moc.

– Wszystko to jest bez sensu – rzuciła pewnego dnia rozżalona. Wikka udała, że nie słyszy. Kiedyś też tak myślała. Przypomniała tylko dziewczynie słowa Jezusa o ziarnie kiełkującym w każdym w niewiadomy sposób.

– Nieważne, czy to ma sens, czy nie. Przypomnij sobie Ciemną Noc. Im częściej będziesz wypełniać rytuały, tym częściej będą do ciebie przemawiać przodkowie. Najpierw w sposób niezrozumiały, bo usłyszy je tylko twoja dusza. Ale pewnego dnia znowu zbudzą się głosy.

Bridy nie obchodziło przebudzenie głosów, marzyła tylko o swojej Drugiej Połowie. Ale wolała o tym nie wspominać.

Nie wolno jej było wracać do przeszłości, bo, jak mówiła Wikka, rzadko to czemuś służy.

– Nie wróż też z kart, żeby poznać przyszłość. Karty służą jedynie do niepojmowalnego rozwoju duchowego, dokonującego się niezauważalnie.

Trzy razy w tygodniu Brida miała rozkładać tarota i przyglądać się kartom. Wizje nie zawsze się pojawiały, a jeśli nawet, to zwykle zupełnie niezrozumiałe. Na jej skargi Wikka tłumaczyła, że te sceny mają tak głębokie znaczenie, że na razie nie potrafi ich pojąć.

– Dlaczego nie mogę poznać przyszłości?

– Tylko teraźniejszość ma wpływ na nasze życie – wyjaśniła Wikka. – Czytając przyszłość z kart, przenosisz przyszłość do teraźniejszości. A to jest niebezpieczne, bo teraźniejszość może zakłócić twoją przyszłość.

Raz w tygodniu chodziły do lasu, gdzie czarownica odkrywała przed nią sekrety ziół. Dla Wikki wszystko na świecie nosiło w sobie znak Boga, szczególnie rośliny. Zioła o liściach w kształcie serca leczyły dolegliwości serca, a kwiaty przypominające oczy dobrze robiły na wzrok. Brida uświadamiała sobie, że istotnie wiele ziół swymi kształtami przypomina ludzkie organy. W kompendium medycyny ludowej, które Lorens przyniósł z biblioteki uniwersyteckiej, wyczytała, że ludowe wierzenia i gusła nie zawsze są pozbawione sensu.

– Bóg zawarł w roślinach wszystkie lekarstwa po to, by człowiek był zdrowy – rzekła Wikka, gdy pewnego dnia odpoczywały pod drzewem.

Brida domyślała się, że Wikka miała też innych uczniów, ale żadnego z nich nigdy nie poznała, bo gdy zbliżał się koniec sesji, zawsze szczekał pies. Spotykała jakichś ludzi na schodach: a to starszą kobietę, a to dziewczynę mniej więcej w jej wieku, a to mężczyznę w garniturze. Wsłuchiwała się w ich kroki na schodach, a stare deski nieomylnie zdradzały ich cel – mieszkanie Wikki.

Pewnego dnia Brida odważyła się zapytać o innych uczniów.

– Czary potrzebują zbiorowej energii – odpowiedziała Wikka – bo wszystkie dary utrzymują energię w ciągłym ruchu. Jeden dar zależny jest od drugiego. Istnieje dziewięć darów, i zarówno Tradycja Słońca, jak i Tradycja Księżyca troszczą się o utrzymanie ich wszystkich na przestrzeni wieków.

– Co to za dary? – spytała Brida.

W odpowiedzi usłyszała, że jest leniwa, że zadaje zbyt wiele pytań, a prawdziwa czarownica powinna być ciekawa wszelkich form duchowości. Ma czytać *Biblię* (bowiem zawarta jest w niej cała nadprzyrodzona mądrość) i szukać wiedzy na temat dziewięciu darów w pierwszym Liście świętego Pawła do Koryntian. Brida odnalazła je wszystkie: dar mądrości słowa, dar umiejętności poznawania, dar wiary, dar uzdrawiania, dar czynienia cudów, dar proroctwa, dar rozpoznawania duchów, dar języków i dar tłumaczenia języków.

Wtedy zrozumiała, że ona sama poszukuje daru rozpoznania duchów.

Wikka nauczyła Bridę tańczyć.

– Niech twoje ciało – powiedziała – porusza się tak, jak dyktuje szum świata, ta ciągła, niecichnąca wibracja.

Nie było w tym tańcu żadnych reguł, wystarczyło wykonywać dowolne ruchy. Mimo to zajęło jej sporo czasu, zanim taki pozbawiony logiki taniec zaczął przychodzić jej naturalnie.

– Mag z Folk mówił ci o Ciemnej Nocy. W obydwu Tradycjach, które tak naprawdę są tożsame, Ciemna Noc jest jedyną drogą rozwoju. Kiedy zgłębiamy magię, przede wszystkim musimy podporządkować się wyższej sile, bo tak naprawdę stajemy twarzą w twarz z czymś, czego nigdy w pełni nie pojmiemy. Nic nie będzie przebiegać zgodnie z logiką, do jakiej nawykliśmy. Będziemy ogarniać wszystko tylko sercem, a to może napawać pewnym lękiem. Wędrówka przez świat magii będzie się nam wydawała przez długi czas Ciemną Nocą, ale czyż każde poszukiwanie nie jest aktem wiary? A przecież Bóg, którego o wiele trudniej pojąć aniżeli Ciemną Noc, docenia nasz akt wiary, bierze nas za rękę i wiedzie przez Misterium.

O Magu Wikka mówiła bez goryczy. „Myliłam się, doszła do wniosku Brida, nigdy jej z Magiem nic nie łączyło, zresztą to było widać w jej oczach". Pewnie poirytowanie, które kiedyś wyczuła w jej głosie, brało się stąd, że każde z nich ostatecznie obrało inną drogę. Czarownice i magowie są próżni, każde z nich chce udowodnić, że dotarło bliżej prawdy.

Nagle uświadomiła sobie sens własnych przemyśleń. Wikka nie kochała Maga, bo widać to po jej oczach. Oglądała niejeden film, czytała niejedną książkę o miłości. Cały świat umiał rozpoznać oczy zakochanego.

„Zdołam pojąć proste sprawy dopiero wtedy, kiedy uda mi się poznać te bardziej złożone, pomyślała. I może pewnego dnia podążę ścieżką Tradycji Słońca".

Jesień była w pełni. Chłód zaczynał nieźle doskwierać, gdy pewnego dnia Wikka zadzwoniła do Bridy.

– Spotkamy się w lesie za dwa dni, podczas nowiu, tuż przed zmierzchem – obwieściła i odłożyła słuchawkę.

Brida przez dwa dni myślała o tym spotkaniu. Jak zwykle odprawiała obrzędy, tańczyła do wtóru szumu świata. „Wolałabym, żeby to była muzyka", utyskiwała, ale już niemal przyzwyczaiła się wprawiać swoje ciało w rytm zgodny z dziwną wibracją, którą słyszała lepiej w nocy, w ustronnych miejscach, w kościołach. Wikka twierdziła, że podczas tańca w rytm muzyki świata, dusza czuje się lepiej w ciele i znika napięcie. Przyglądając się ludziom na ulicy, Brida odkryła, że chodzą sztywno, nie bardzo wiedzą, co począć z z ramionami. Miała chęć im powiedzieć, że przecież świat im przygrywa, i gdyby zatańczyli w rytm jego muzyki, gdyby przez kilka minut dziennie pozwolili ciału poruszać się bez logiki, poczuliby się znacznie lepiej.

Jednak ten przedziwny taniec należał do Tradycji Księżyca i znany był tylko czarownicom. Pewnie w Tradycji Słońca też coś podobnego istniało, tyle że nikt nie zwracał na to uwagi.

– Nie potrafimy już żyć z tajemnicami świata – mówiła Lorensowi. – A jednak one są tuż obok nas, na wyciągnięcie ręki. Chcę zostać czarownicą, żeby je poznać.

O wyznaczonej porze Brida pojechała do lasu. Przechadzała się pośród drzew, czując magiczną obecność duchów natury. Przed sześciuset laty ten las był dla druidów świętym miejscem, aż do dnia, kiedy święty Patryk przegnał węże z Irlandii i kult druidów zanikł. Ale nie zanikł przechodzący z pokolenia na pokolenie szacunek dla tego miejsca, tak że okoliczni mieszkańcy nadal otaczali je kultem.

Odnalazła Wikkę na polanie w towarzystwie czterech kobiet. W miejscu, w którym kiedyś zauważyła resztki popiołu, paliło się ognisko. Brida popatrzyła w ogień i z niewyjaśnionych powodów odczuła lęk – może za sprawą Loni, której część nosiła w sobie, a może dlatego, że ogień był dla niej ważny również w innych wcieleniach.

Przybyły inne kobiety, niektóre w jej wieku, inne starsze od Wikki – w sumie dziewięć osób.

– Dziś nie zaprosiłam mężczyzn. Poczekajmy na noc, królestwo Księżyca.

Usiadły wokół ogniska i rozmawiały o błahostkach. Brida miała wrażenie, że jest na proszonej herbatce – tylko sceneria była inna.

Gdy na niebie rozbłysły gwiazdy, atmosfera się zmieniła. Stopniowo, bez żadnego znaku ze strony Wikki, rozmowy ucichły, wydawało się, jakby dopiero teraz zgromadzone kobiety zauważyły, że siedzą przy ognisku w środku lasu.

Po chwili odezwała się Wikka.

– Raz do roku, właśnie tej nocy, spotykają się czarownice z całego świata, by pomodlić się i złożyć hołd swoim przodkiniom. Tradycja nakazuje, abyśmy dziesiątego księżyca gromadziły się wokół ognia, który był życiem i śmiercią dla naszych prześladowanych sióstr.

Wyjęła spod tuniki drewnianą łyżkę.

– Oto symbol – rzekła, ukazując ją wszystkim.

Kobiety wstały i podawszy sobie ręce, wzniosły je ku górze, słuchając modlitwy Wikki.

– Niechaj błogosławieństwo Madonny i Jej Syna Jezusa spocznie dzisiejszej nocy na naszych głowach. W naszym ciele drzemie Druga Połowa naszych przodkiń, niechaj pobłogosławi nas Madonna. Niechaj nas pobłogosławi, bo jesteśmy kobietami i wprawdzie żyjemy dziś w świecie, w którym mężczyźni potrafią nas coraz lepiej kochać i rozumieć, ale na ciele wciąż nosimy rany odziedziczone po poprzednich życiach, a te blizny wciąż są bolesne. Niechaj Madonna uwolni nas od tych ran i ugasi w nas na zawsze poczucie winy. Czujemy się winne, gdy wychodzimy do pracy i zostawiamy nasze dzieci, by zarobić na ich utrzymanie. Czujemy się winne, gdy dla dobra dzieci rezygnujemy z pracy, bo wydaje się nam, że umykają nam możliwości, jakie daje świat. Czujemy się winne za wszystko, bo od zarania dziejów odbiera się nam prawo podejmowania ważnych decyzji i sprawowania znaczących funkcji. Niechaj Madonna przypomina nam, że to my, kobiety, byłyśmy u boku Jezusa w chwili, gdy mężczyźni uciekli i wyrzekli się Go. To my rozpaczałyśmy, gdy dźwigał krzyż, my tkwiłyśmy u Jego stóp w godzinie Jego śmierci, my zobaczyłyśmy pusty grób. Nie mamy powodu czuć się winne. Niechaj Madonna przypomina nam zawsze, że palono nas żywcem i prześladowano za to, że głosiłyśmy Religię Miłości. Podczas gdy inni próbowali zatrzymać czas grzesząc, my gromadziłyśmy się na zakazanych uroczystościach, aby świętować odwieczne piękno świata. Za to skazywano nas na śmierć i palono na stosach. Niechaj Madonna przypomina nam zawsze, że podczas gdy mężczyzn sądzono publicznie za spory o ziemię, nas sądzono publicznie za cudzołóstwo. Niechaj Madonna przypomina nam o kobietach, takich jak święta Joanna, które musiały przywdziewać męskie szaty, żeby wypełnić słowo Pana. A mimo to umierały na stosie.

Wikka chwyciła drewnianą łyżkę w obie dłonie

i wyciągnęła ją przed siebie.

– Oto symbol męczeństwa naszych przodkiń. Niechaj płomień, który je pochłonął, zawsze płonie w naszych duszach. Bo one są w nas. My jesteśmy nimi.

To powiedziawszy, rzuciła łyżkę w ogień.

Brida nadal odprawiała rytuały, których nauczyła ją Wikka. Dbała, by świeca stale płonęła, tańczyła do wtóru szumu świata, notowała w *Księdze cieni* spotkania z czarownicą i dwa razy w tygodniu odwiedzała święty gaj. Ku swemu zdziwieniu zauważyła, że zna się już trochę na ziołach leczniczych.

Jednak głosy, które Wikka pragnęła w niej zbudzić, milczały jak zaklęte. Nadal też nie dostrzegła świetlistego punktu nad niczyim ramieniem.

„Może jeszcze nie odnalazłam swojej Drugiej Połowy", myślała z niepokojem. Ci, którzy znali Tradycję Księżyca, nigdy się nie mylili co do człowieka, który miał się stać towarzyszem ich życia. A to oznaczało, że gdy stanie się prawdziwą czarownicą, pozbędzie się złudzeń co do miłości. Będzie mniej cierpieć, zresztą może nie będzie cierpieć wcale, bo pokocha goręcej. Czyż odnalezienie Drugiej Połowy nie jest boską misją w życiu każdego człowieka? Nawet jeśli pewnego dnia będzie musiała odejść, miłość do Drugiej Połowy, zgodnie z Tradycją, uwieńczy chwała, zrozumienie i oczyszczająca tęsknota.

Ale to oznaczało również, że z chwilą gdy dojrzy świetlisty punkt, pozbawi się uroków Ciemnej Nocy Miłości. Myślała o swoich cierpieniach z miłości, o bezsennych nocach, o wyczekiwaniu na telefon, romantycznych podróżach we dwoje, które zazwyczaj kończyły się rozstaniem, o uwodzicielskich spojrzeniach na imprezach, o radości podboju dla udowodnienia sobie, ile jest warta, o rozdarciu i samotności, gdy uświadamiała sobie, że tylko chłopak najbliższej przyjaciółki może dać jej szczęście. Wszystko to było nieodłączną częścią jej świata i świata większości ludzi, których znała. Tak wygląda miłość i tak ludzie szukają Drugiej Połowy – wypatrując w oczach drugiej osoby tego szczególnego światła, żaru pożądania. Nigdy w to nie wierzyła, wręcz przeciwnie, cierpienie z czyjegoś powodu, czy umieranie ze strachu, że nie odnajdzie osoby, z którą będzie dzielić życie, uważała za bezsens. Teraz, gdy mogła wreszcie na dobre uwolnić się od takich lęków, zaczęła się wahać, czy rzeczywiście tego chce. Czy na pewno chce zobaczyć świetlisty punkt Drugiej Połowy?

Przypomniał się jej Mag. Pomyślała, że miał rację, kiedy mówił o Tradycji Słońca jako jedynym sposobie traktowania Miłości. Ale nie mogła już zmienić zdania. Znalazła drogę i musiała iść nią do końca. Wiedziała, że jeśli teraz się podda, coraz trudniej będzie jej dokonać w życiu jakiegokolwiek wyboru.

Pewnego popołudnia, po długim wykładzie na temat dawnych rytuałów odprawianych w celu sprowadzenia deszczu (wszystko skrupulatnie zanotowała w swej *Księdze cieni,* choćby nigdy ich nie miała użyć), Wikka spytała ją, czy nosi wszystkie stroje, które ma.

– Oczywiście, że nie – odparła.

– A zatem od jutra wyciągnij wszystko, co masz w szafie i zacznij to nosić. Wszystko, co ma w sobie naszą energię, musi być w ciągłym ruchu – wyjaśniła Wikka. – Ubrania, które kupiłaś, są częścią ciebie i odzwierciedlają pewne szczególne chwile: gdy wychodziłaś z domu, żeby sprawić sobie prezent, bo świat wydawał ci się piękny. Albo gdy było ci źle i chciałaś sobie poprawić nastrój. Albo chwile, gdy postanawiałaś zmienić swoje życie. Stroje przeobrażają uczucia w materię. Są jednym z pomostów między widzialnym a niewidzialnym. Pewne ubrania mogą przynosić ci pecha, bo zostały skrojone dla kogoś innego, a przypadkiem trafiły w twoje ręce.

Rozumiała, o co Wikce chodzi. Miała w szafie rzeczy, których po prostu nie mogła na siebie założyć, bo ilekroć w nich wyszła, działo się coś złego.

– Pozbądź się ubrań, które nie były przeznaczone dla ciebie – ciągnęła Wikka. – Noś wszystkie inne. Trzeba spulchniać ziemię, spieniać fale, a uczucia utrzymywać w ruchu. Cały Wszechświat jest w ruchu, więc i my nie możemy stać w miejscu.

Po powrocie do domu Brida rozłożyła na łóżku całą zawartość swojej szafy. Przyglądała się każdej rzeczy: o niektórych kompletnie zapomniała, inne wprawdzie przywodziły miłe wspomnienia, ale dawno wyszły już z mody. Zachowała je, bo były jak fetysz i gdyby się ich pozbyła, czułaby się tak, jakby wykreśliła ze swego życia piękne chwile.

Przyjrzała się ubraniom, które zdawały się emanować „złą energią". Ciągle żywiła nadzieję, że coś się odmieni i będzie mogła znów je nosić, ale ilekroć ponawiała próbę, zazwyczaj kończyła się źle.

Uświadomiła sobie, że jej stosunek do ubrań był bardziej złożony, niż jej się wydawało. A jednak trudno jej było pogodzić się z tym, że Wikka miesza się w najbardziej osobiste, intymne obszary jej życia – w sposób ubierania się. Pewne ubrania nadawały się na szczególne okazje i tylko od niej zależało, kiedy je założy. Inne nie nadawały się do pracy, ani nawet na zwykłe wyjście w sobotę. Dlaczego Wikka się wtrąca? Brida nigdy nie kwestionowała jej poleceń. Tańczyła, zapalała świeczki, mąciła sztyletem wodę, uczyła się rzeczy, które do niczego jej się nie przydadzą. Godziła się na wszystko, bo stanowiło to część Tradycji, której nie rozumiała, ale która być może porozumiewała się z nieznaną stroną jej samej. Ale wtrącanie się w jej garderobę było gwałtem na sposobie jej życia.

Może przekroczyła dopuszczalne granice? Może ingeruje w coś, w co nie powinna?

„To, co zewnętrzne, trudniej jest zmienić niż to, co wewnątrz".

Kto to powiedział? Przestraszona, rozejrzała się dookoła, choć była pewna, że nikogo nie zobaczy. To był Głos. Głos, który Wikka chciała zbudzić. Zapanowała nad podnieceniem i strachem. Niemal przestała oddychać w oczekiwaniu, że usłyszy coś jeszcze, ale docierał do niej jedynie gwar ulicy, dźwięk włączonego telewizora i wszechobecny szmer świata. Próbowała usiąść jak przed chwilą, pomyśleć o tych samych rzeczach. Wszystko zdarzyło się tak nagle, że nawet nie zdążyła się przestraszyć, zdziwić czy ucieszyć.

Głos coś powiedział. Nawet gdyby wszyscy wokół wmawiali jej, że był tylko wytworem jej wyobraźni, nawet gdyby nagle powróciły czasy polowań na czarownice i musiałaby stanąć przed trybunałem, a potem spłonąć na stosie, była absolutnie pewna, że usłyszała głos, który nie był jej głosem.

„To, co zewnętrzne, trudniej jest zmienić niż to, co wewnątrz". Prawdę powiedziawszy, mógłby się zdobyć na coś bardziej odkrywczego, skoro odezwał się po raz pierwszy w tym wcieleniu. Mimo to nagle ogarnęła ją ogromna radość. Chciała zadzwonić do Lorensa, pojechać do Maga, opowiedzieć Wikce, że objawił się jej dar i może uczestniczyć w Tradycji Księżyca. Chodziła po pokoju wte i wewte, paliła papierosa za papierosem i dopiero mniej więcej pół godziny później względnie spokojna usiadła na łóżku wśród sterty porozrzucanych ubrań.

Głos miał rację. Oddała duszę obcej kobiecie i, choć to absurdalne, o wiele łatwiej przyszło jej powierzyć duszę, aniżeli pogodzić się z ingerencją w styl ubierania.

Dopiero teraz rozumiała, jak z pozoru bezsensowne ćwiczenia odmieniają jej życie. Dopiero teraz, kiedy rozważała zmianę zewnętrzną, dostrzegła jak bardzo zmieniła się w środku.

Wikka chciała wiedzieć wszystko o Głosie. A że każdy szczegół został pieczołowicie odnotowany w *Księdze cieni*, nauczycielka była zadowolona ze swojej podopiecznej.

– Czyj to był Głos? – zapytała Brida.

Ale Wikka miała na głowie ważniejsze sprawy niż odpowiadanie na ciągłe pytania dziewczyny.

– Uczyłam cię już jak wrócić na drogę, którą twoja dusza przemierzała przez wiele wcieleń. Obudziłam tę zdolność, zwracając się do niej bezpośrednio poprzez symbole i rytuały przodków. Ty narzekałaś, ale twoja dusza radowała się, bo odnalazła swoje przeznaczenie. Gdy ciebie irytowały ćwiczenia, nudził taniec i rytuały, twoje ukryte ja spijało od nowa mądrość Czasu, przypominało sobie wszystko to, czego się kiedyś nauczyło, i tak ziarno wzrastało bez twojej wiedzy. Teraz pora, byś przeszła do nowego etapu. Nazywamy to Inicjacją, bo dopiero teraz zaczniesz uczyć się tego, co powinnaś wiedzieć w tym życiu. Głos dał nam znać, że jesteś gotowa. W tradycji czarownic ceremonia Inicjacji odbywa się zawsze w jeden z dwóch dni w roku, kiedy dzień zrównuje się z nocą. Najbliższa równonoc przypada dwudziestego pierwszego marca. Chciałabym, żebyś wtedy przystąpiła do Inicjacji, bo ja również w ten dzień przeszłam wtajemniczenie. Potrafisz już posługiwać się magicznymi przedmiotami, znasz rytuały, które otwierają przed nami pomost pomiędzy widzialnym a niewidzialnym. Ilekroć odprawiasz któryś z tych obrzędów, twoja dusza przypomina sobie lekcje wyniesione z poprzednich wcieleń. Kiedy usłyszałaś Głos, wniosłaś do świata widzialnego to, co miało miejsce w świecie niewidzialnym. Innymi słowy, zrozumiałaś, że twoja dusza jest gotowa do następnego etapu. Pierwszy wielki cel został osiągnięty.

Brida przypomniała sobie, że początkowo chciała tylko nauczyć się dostrzegać świetlisty punkt, ale tyle rozmyślała o poszukiwaniu miłości, że to pierwotne pragnienie z tygodnia na tydzień bladło.

– Zanim przystąpisz do wiosennej Inicjacji, musisz przejść jeszcze jedną próbę. Nie zniechęcaj się, jeśli ci się nie uda za pierwszym razem. Masz przed sobą wiele równonocy i pewnego dnia wstąpisz do kręgu wtajemniczonych. Dotąd odkryłaś swoją męską stronę: poznanie. Wiesz o pewnych sprawach, rozumiesz je, ale jeszcze nie znasz potężnej kobiecej siły przemiany. Poznanie bez przemiany nie jest mądrością. To było zawsze mocą przeklętą czarownic i kobiet w ogóle. Wszyscy znamy jej potęgę. Każdy wie, że to my, kobiety, jesteśmy wielkimi strażniczkami jej sekretów. Z powodu tej siły przyszło nam błąkać się po niebezpiecznym, wrogim świecie. Myśmy ją zbudziły, choć nie zawsze i nie wszędzie jest mile widziana. Kto się z nią choćby bezwiednie zetknie, jest na nią skazany do końca życia. Ta siła może stać się twoim panem lub twoim sługą, możesz ją przeobrazić w magiczną moc lub posługiwać się nią, nie zdając sobie sprawy z jej potęgi. Ona jest we wszystkim, co nas otacza, w widzialnym świecie ludzi i niewidzialnym świecie mistyków. Można ją zniszczyć, upokorzyć, ukryć, można się jej wyprzeć. Może przez całe lata pozostawać w uśpieniu, zapomniana w jakimś zakamarku duszy. Ale gdy raz jej doświadczysz, nigdy już nie da ci spokoju.

– Jaka to siła?

– Nie zadawaj głupich pytań – żachnęła się Wikka. – Ja wiem, że ty wiesz.

Wiedziała. Chodziło o seks.

Wikka odsłoniła jedną z nieskazitelnie białych zasłon. Za oknem rozpościerał się widok na rzekę, na dachy starych kamienic i na szczyty gór na horyzoncie. Gdzieś tam mieszkał Mag.

– Co to jest? – zapytała Wikka, wskazując na wieżę kościoła.

– Krzyż. Symbol chrześcijaństwa.

– Żaden starożytny Rzymianin nie wszedłby do budowli z krzyżem. Pomyślałby, że to miejsce kaźni, jako że krzyż symbolizuje jedno z najokrutniejszych narzędzi tortur, jakie wymyślił człowiek. Krzyż pozostał ten sam, zmieniło się jego znaczenie. Podobnie gdy ludzie żyli blisko Boga, seks był symbolicznym zespoleniem z istotą boską, odnalezieniem sensu życia.

– Dlaczego mistycy zwykle wyrzekają się seksu?

Pytanie zirytowało Wikkę, ale postanowiła na nie odpowiedzieć.

– Gdy mówię o sile, nie chodzi mi jedynie o sam akt. Są ludzie, którzy posługują się nią, ale tak naprawdę jej nie wykorzystują. Wszystko zależy od obranej drogi.

– Znam tę siłę – powiedziała Brida. – Wiem, jak jej używać.

– Może i potrafisz się kochać, ale to nie znaczy, że znasz siłę seksu. Zarówno mężczyźni, jak i kobiety ulegają potędze seksu, bo łączy ona w sobie i rozkosz, i strach.

– Ale dlaczego i rozkosz, i strach?

W końcu zadała jakieś sensowne pytanie.

– Każdy, kto doznaje rozkoszy seksu, wie, że ma do czynienia z czymś, co objawia całą swą intensywność tylko wtedy, gdy człowiek traci nad sobą kontrolę. Gdy jesteś z kimś w łóżku, pozwalasz mu, by zjednoczył się nie tylko z twoim ciałem, ale z całym twoim jestestwem. Następuje porozumienie czystych sił witalnych całkiem niezależnie od nas samych, a wtedy nie potrafimy ukryć, kim jesteśmy naprawdę. Nieważne, jak chcemy być postrzegani, nieważne, jaką na co dzień przywdziewamy maskę, co mówimy, do jakich wykrętów się uciekamy. Kochając się z kimś trudno oszukiwać, bo wtedy każdy otwiera się całkowicie, pokazuje, jaki jest w istocie.

Wikka mówiła jak ktoś, kto dobrze zna tę siłę. Oczy jej błyszczały, w głosie brzmiała pewność siebie. Może dlatego była wciąż bardzo atrakcyjną kobietą?

– Zanim dostąpisz rytuału inicjacji, musisz zmierzyć się z tą potęgą. Wszystko inne to Wielkie Misterium, które poznasz po ceremonii.

– Jak mam odnaleźć tę siłę?

– Bardzo prosto. Tak jak ze wszystkimi prostymi sprawami, jej odkrycie jest o wiele trudniejsze od skomplikowanych rytuałów, których cię dotąd uczyłam.

Wikka podeszła do Bridy, chwyciła ją za ramiona i spojrzała jej głęboko w oczy.

– Oto najlepszy sposób: włącz wszystkie pięć zmysłów. Jeśli w chwili najwyższego uniesienia poczujesz je wszystkie na raz, będziesz gotowa do Inicjacji.

– Przyjechałam pana przeprosić – powiedziała. Tak jak poprzednim razem stali na kamienistym zboczu góry. Przed nimi roztaczał się widok na rozległą dolinę.

– Czasami myślę jedno, a robię coś innego – mówiła dalej. – Ale jeśli kiedykolwiek pan kochał, to wie pan, co to cierpieć z miłości.

– Wiem – odpowiedział. Po raz pierwszy odkrył cząstkę siebie.

– Miał pan rację, ten świetlisty punkt nie jest wcale aż tak ważny. Odkryłam, że poszukiwanie może być równie ciekawe jak odnalezienie.

– Pod warunkiem, że pokona się strach.

– To prawda.

Uspokajał ją fakt, że nawet on, pomimo całej swojej wiedzy, nadal odczuwa lęk.

Całe popołudnie włóczyli się po zaśnieżonym lesie. Rozmawiali o drzewach i zimowym krajobrazie. Po drodze spotkali człowieka ze stadem owiec.

– Witaj, Santiago! – Mag pozdrowił pasterza, a potem zwrócił się do dziewczyny:

– Bóg upodobał sobie pasterzy. Nawykli do przyrody, ciszy i cierpliwości. Mają wszystkie cechy konieczne, by żyć w harmonii z Wszechświatem.

Aż do tej chwili nie rozmawiali o magii, zresztą Brida nie chciała działać zbyt pochopnie. Wróciła do rozmowy o swoim życiu i o tym, co działo się na świecie. Szóstym zmysłem wyczuła, że lepiej nie wymawiać imienia Lorensa. Nie rozumiała, dlaczego Mag poświęca jej tyle uwagi, ale chciała podtrzymać to zainteresowanie. „Moc Przeklęta" powiedziałaby Wikka. Miała swój cel i tylko ten mężczyzna mógł pomóc jej go osiągnąć.

Minęli kilka owiec, które zostawiały ślady swych kopytek w śniegu. Nie było z nimi pasterza, ale zwierzęta zdawały się wiedzieć, dokąd idą i po co. Mag przyglądał się im przez dłuższą chwilę, jakby stanął wobec wielkiej tajemnicy Tradycji Słońca, której Brida nie potrafiła pojąć.

W miarę jak gasło światło dnia, mijał lęk i obezwładniający respekt, jaki czuła, ilekroć go spotykała. Po raz pierwszy w jego obecności była spokojna i ufna. Może dlatego, że nie musiała już udowadniać istnienia swoich darów, bo usłyszała Głos, a wejście do świata tych wybrańców było tylko kwestią czasu. Ona również kroczyła drogą tajemnicy, a od chwili, gdy usłyszała Głos, Mag stał się częścią jej Wszechświata.

Zapragnęła chwycić go za dłonie i prosić, by uchylił rąbka tajemnicy Tradycji Słońca, tak samo jak prosiła Lorensa, by opowiadał jej o dawnych gwiazdach. Mogliby wówczas patrzeć na to samo z różnych punktów widzenia.

Coś jej mówiło, że on tego potrzebuje, a tym czymś nie był tajemniczy głos Tradycji Księżyca, lecz niecierpliwy, czasami niezbyt mądry głos jej serca. Głos, którego zwykle nie słuchała, bo prowadził ją niepojętymi dla niej drogami.

Rzeczywiście emocje są jak dzikie konie. Przez chwilę Brida popuściła im wodze, czekając aż się zmęczą. Mówiły jej, jak piękny byłby to wieczór, gdyby kochała tego mężczyznę. Bo człowiek zakochany potrafi pojąć niepojmowalne i rozpoznać niepoznawalne, jako że miłość jest kluczem do wszelkich tajemnic.

Oczyma wyobraźni zobaczyła siebie i Maga w miłosnej scenerii, ale przyszło opamiętanie. Wtedy uświadomiła sobie, że nigdy nie mogłaby pokochać człowieka takiego jak Mag, dla którego Wszechświat nie ma tajemnic. Bo wszystkie ludzkie uczucia stają się malutkie, gdy się na nie patrzy z dystansu.

Dotarli do ruin starego kościoła. Mag usiadł na stercie ciosanych kamieni rozsypanych po posadzce. Brida zrzuciła śnieg z parapetu.

– Miło tu mieszkać, spędzać dni w lesie i wracać na noc do ciepłego domu – odezwała się.

– To prawda. Rozpoznaję ptaki po ich śpiewie, potrafię odczytywać znaki Boga, poznałem Tradycję Słońca i Tradycję Księżyca.

„Ale jestem sam, chciał dodać. I na nic się zda rozumienie Wszechświata, gdy się żyje samotnie".

Przed nim na parapecie siedziała jego Druga Połowa. Widział świetlisty punkt nad jej lewym ramieniem i żałował, że zgłębił Tradycje. Bo może gdyby nie ten punkt, nie zakochałby się w tej kobiecie.

„Jest mądra. Wyczuła niebezpieczeństwo i woli nic nie wiedzieć o świetlistych punktach".

– Usłyszałam Głos dzięki Wikce. To wspaniała przewodniczka.

– Ten Głos ukaże ci tajemnice świata, tajemnice zaklęte w czasie, przekazywane z pokolenia na pokolenie przez czarownice.

Był rozkojarzony, bo jednocześnie starał się sobie przypomnieć, kiedy spotkali się po raz pierwszy. Samotnicy tracą rachubę czasu, ich długie godziny składają się na niekończące się dni. A przecież pamiętał, że widzieli się dopiero dwa razy. Brida była zdolną uczennicą.

– Poznałam już rytuały, a w wiosenną równonoc przejdę inicjację Wielkich Misteriów. Ale jest jeszcze coś, czego nie potrafię. Siła powszechnie znana i czczona niczym tajemna.

Mag zrozumiał, po co przyjechała tym razem. Nie tylko po to, żeby pospacerować po lesie i wydeptać w śniegu ścieżkę, z każdą minutą przybliżającą się do jego śladów.

Brida podniosła kołnierz kurtki. Nie wiedziała, czy dlatego, że zrobiło się jej zimno, czy po to, by ukryć zmieszanie.

– Chcę dowiedzieć się, jak zbudzić potęgę seksu i pięciu zmysłów – powiedziała w końcu. – Wikka nie chce mi w tym pomóc. Twierdzi, że skoro odkryłam Głos, odkryję i to.

Milczeli przez jakiś czas. Zastanawiała się, czy wypada o tym mówić w ruinach kościoła, ale przypomniała sobie, że tę siłę można wykorzystać na wiele sposobów. Zamieszkujący tu kiedyś mnisi, którzy ślubowali wstrzemięźliwość, zapewne zrozumieliby, co miała na myśli.

– Próbowałam wszystkiego. Pewnie jest jakiś sposób, tak jak z tym telefonem, którym Wikka posłużyła się przy tarocie. Coś, czego nie chce mi pokazać. Mam wrażenie, że jej samej przyszło to z trudem i nie chce mnie oszczędzać.

– Dlatego do mnie przyjechałaś? – przerwał.

Spojrzała mu prosto w oczy.

– Tak.

Miała nadzieję, że uwierzy jej, ale niczego już nie była pewna. Droga przez zaśnieżony las, blask słońca odbijającego się od śniegu, szczera rozmowa, wszystko to sprawiło, że jej emocje zaczęły galopować niczym dzikie konie. Przekonywała siebie od nowa, że była tu tylko po to, by osiągnąć swój cel i musi się jej to udać, bo Bóg, zanim stał się mężczyzną, był kobietą.

Mag podniósł się i podszedł do jedynej zachowanej ściany starego kościoła. Były w niej drzwi. Oparł się o ich framugę. Światło popołudnia świeciło zza jego pleców, tak że nie widziała jego twarzy.

– Jest coś, o czym ci Wikka nie powiedziała – rzekł. – Może przez zapomnienie, a może po prostu chciała, żebyś odkryła to sama.

– Właśnie odkrywam sama i dlatego jestem tutaj.

Może Wikce chodziło chodziło o to, żeby zbliżyć ją do tego mężczyzny.

– Nauczę cię – odezwał się w końcu. – Chodź ze mną.

Drzewa były tu wyższe, ich pnie grubsze. Z niektórych zwieszały się niepozorne drabinki, a u szczytu każdej z nich znajdowało się coś na kształt szałasu. „Pewnie żyją tu pustelnicy Tradycji Słońca", pomyślała.

Mag przyjrzał się uważnie każdemu z szałasów, wybrał jeden z nich, poprosił Bridę, by szła za nim. Zaczęła się wspinać. W połowie drogi wystraszyła się, że spadnie i się potłucze, ale pięła się wyżej. Była przecież w świętym miejscu, chronionym przez duchy lasu. Co prawda Mag nie spytał, czy ma ochotę tam się wdrapywać, ale może w Tradycji Słońca dobre maniery nie obowiązują.

Na górze odetchnęła z ulgą. Przezwyciężyła kolejny ze swoich lęków.

– To dobre miejsce, żeby dać ci wskazówki na drogę – powiedział. – Miejsce zasadzki.

– Zasadzki?

– Tak, to ambony myśliwskie. Stawia się je wysoko, żeby zwierzyna nie zwietrzyła człowieka. Przez cały rok myśliwi zostawiają tu paszę, żeby zwabić zwierzęta po to, by pewnego dnia je zabić.

Zauważyła na podłodze łuski po nabojach. „To okrutne", pomyślała.

Z trudem mieścili się we dwójkę na małej prze-strzeni, prawie dotykała ciałem jego ciała.

– Spójrz w dół – polecił jej.

Wychyliła się. Drzewo było chyba najwyższe w okolicy, bo widziała czubki innych drzew i ośnie-żone szczyty gór na horyzoncie. Było tu niesamowi-cie, szkoda tylko, że wspomniał o tych zasadzkach. Mag odsunął brezentowy dach i nagle do szałasu wpadło światło słoneczne. Było zimno. Miała wraże-nie, że znalazła się w miejscu magicznym, na szczycie świata. Jej emocje zrywały się znów do galopu, ale za wszelką cenę starała się nad nimi zapanować.

– Nie musiałem przyprowadzać cię aż tutaj, żeby wyjaśnić ci to, co chcesz wiedzieć – zwrócił się do dziewczyny. – Ale chciałem, żebyś poznała lepiej ten las. Zimą, kiedy nie ma tu ani zwierzyny, ani my-śliwych, wdrapuję się na te drzewa, żeby podziwiać okolicę.

Pragnął podzielić się z nią swoim światem – krew zaczęła krążyć szybciej w jej żyłach. Czuła niezwykły spokój, poddała się tej chwili.

– Wszelkie relacje człowieka ze światem dokonu-ją się za pośrednictwem pięciu zmysłów. Zanurzyć się w świecie magii to budzić uśpione dotąd zmysły – i seks otwiera przed nami nowe drzwi.

Mówił głośno i dobitnie tonem nauczyciela biolo-gii. „Może tak jest lepiej", pomyślała bez przekonania.

– Bez względu na to, czy za pośrednictwem potę-gi, jaką jest seks, poszukujesz mądrości czy przyjem-ności, jest on zawsze doświadczeniem pełnym. Bo to jedyne ludzkie działanie, które porusza, albo raczej, które powinno poruszać nasze pięć zmysłów jedno-cześnie. Które otwiera wszystkie pasma porozumie-nia między kochankami. W chwili uniesienia znika pięć zmysłów i wchodzimy do świata magii. Jakby odłącza się wzrok, słuch, smak, dotyk, zapach. Na długie sekundy wszystko znika i pojawia się ekstaza. Taka sama, jak u mistyków po latach wyrzeczeń i ascezy.

Miała ochotę zapytać, dlaczego mistycy nie poszukują ekstazy poprzez orgazm, ale przypomniała sobie o istotach pochodzących od aniołów.

– Dzięki pięciu zmysłom osiągamy ekstazę. Im bardziej są pobudzone, tym wyżej się wznosimy i tym pełniejsza ekstaza. Rozumiesz?

Oczywiście, że rozumiała. Ale tym pytaniem trochę ją zraził. Wolała znów spacerować z nim po lesie.

– To proste – zakończył.

– Ja to wszystko wiem, ale ciągle jest nie tak!

– Wolała nie wspominać o Lorensie, to byłoby ryzykowne. – Mówił mi pan, że istnieje sposób, żeby to osiągnąć!

Była zdenerwowana, emocje w niej szalały i zaczynała tracić kontrolę.

Mag znów spojrzał na las w dole. Zastanawiała się, czy i on walczy z uczuciami, ale nie ośmieliła się wierzyć w to, co roiło się jej w głowie.

Wiedziała, czym jest Tradycja Słońca. Była świadoma, że jej mistrzowie kładą nacisk na czas i przestrzeń. Myślała o tym, jeszcze zanim po raz pierwszy tu przyjechała. Potem wyobrażała sobie ich oboje razem, tak jak teraz, bez świadków. Mistrzowie Tradycji Słońca nie pozwalają, by teoria wzięła górę nad praktyką. Przemyślała to przed przyjazdem, i mimo to przyjechała, bo teraz najważniejsza była dla niej jej własna droga. Musiała kontynuować tradycję swoich poprzednich wcieleń.

Ale on zachowywał się tak samo jak Wikka, tyle tylko, że mówił.

– Niech mnie pan nauczy – poprosiła raz jeszcze.

Mag stał zapatrzony w okryte śniegiem korony drzew. Mógł zapomnieć, że jest mistrzem i być jedynie mężczyzną z krwi i kości. Przed nim stała jego Druga Połowa. Mógł opowiedzieć jej o świetlistym punkcie, który w niej dostrzegł. Gdyby mu uwierzyła, ich los spełniłby się do końca. Gdyby odeszła we łzach, wróciłaby, bo mówił prawdę. Ona potrzebowała go tak samo, jak on potrzebował jej. Taka jest prawda o pokrewnych duszach – w końcu muszą się rozpoznać.

Ale był mistrzem. Kiedyś, w hiszpańskiej wiosce złożył śluby – przysięgał, jak każdy mistrz, że nigdy nie będzie wpływał na niczyje wybory. Już raz popełnił ten błąd i dlatego przez tyle lat pozostawał na wygnaniu, z dala od świata. Teraz było inaczej, ale mimo to wolał nie ryzykować. „Mógłbym dla niej porzucić magię", przemknęło mu przez głowę, ale szybko zrozumiał bezsensowność takiego pomysłu. Miłość nie potrzebuje takich wyrzeczeń. Prawdziwa miłość pozwala każdemu iść swoją drogą, bo to nie może w żaden sposób oddalić od siebie dwóch Połówek.

Trzeba cierpliwości. Musi pamiętać o cierpliwości pasterzy, a wtedy, wcześniej czy później, będą razem. Takie jest Prawo. Wierzył w nie przez całe życie.

– To, co pragniesz poznać, jest proste – powiedział w końcu. Starał się panować nad sobą. Dyscyplina wzięła górę. – Kiedy dotykasz drugiej osoby, zbudź wszystkie pięć zmysłów, bo seks żyje swoim oddzielnym życiem. A kiedy zaczniecie się kochać, zapomnij o wszystkim – o lękach, pragnieniach, oczekiwaniach, bo ci, którzy tego nie potrafią, są niezdolni przeżyć w pełni tej chwili. Zapomnij o wszystkim innym, a wtedy seks stanie się twoim przewodnikiem. W sferze intymnej potrzebna jest tylko miłość i wszystkie pięć zmysłów. Wtedy możesz doświadczyć jedności z Bogiem.

Brida spojrzała na łuski naboi na podłodze. Ani przez chwilę nie zdradziła swoich uczuć. W końcu poznała prawdę, a przecież tylko o to jej chodziło.

– To wszystko, czego mogę cię nauczyć.

Nadal nic nie mówiła. Ciszą ujarzmiała rozszalałe emocje, dzikie konie.

– Odetchnij głęboko siedem razy, pobudź wszystkie pięć zmysłów. A resztę zostaw własnemu biegowi.

Był mistrzem Tradycji Słońca. Przeszedł jeszcze jedną próbę. Dzięki Drugiej Połowie też wiele się uczył.

– Zobaczyłaś już, jaki piękny widok roztacza się z góry. Możemy zejść.

Z roztargnieniem patrzyła na dzieci bawiące się na skwerze. Ktoś kiedyś powiedział, że w każdym mieście jest takie miejsce – „miejsce magiczne" – dokąd idziemy, gdy trzeba poważnie zastanowić się nad własnym życiem. Takim „magicznym miejscem" był dla niej ten dubliński park. Kiedy przyjechała do Dublina pełna nadziei i oczekiwań na lepszy los, tu w pobliżu wynajęła swoje pierwsze mieszkanie. Chciała studiować w Trinity College, a po studiach wykładać literaturę. Wiele czasu spędziła na tej ławce, i idąc śladem swych literackich idoli pisała wiersze.

Ale pieniądze przysyłane przez ojca nie na wiele starczały, musiała postarać się o jakąś pracę. Dostała posadę w firmie eksportowej i z czasem polubiła to zajęcie. Zwłaszcza ostatnio praca stała się dla niej bardzo ważna, bo dzięki niej nie traciła kontaktu z rzeczywistością. Gdyby nie praca, chyba by zwariowała. Ona zapewniała jej minimalną równowagę między światem widzialnym a niewidzialnym.

Dzieci biegały rozbawione. Pewnie tak, jak kiedyś Brida, w domu słuchały bajek o wróżkach i czarownicach, w których ubrane na czarno wiedźmy podstępnie ofiarowują jabłka zagubionym w lesie dziewczynkom. Żadnemu z nich nie przeszło nawet przez myśl, że tuż obok przygląda się ich zabawom prawdziwa czarownica.

Tego popołudnia Wikka zaproponowała ćwiczenie nie mające nic wspólnego z Tradycją Księżyca. Ćwiczenie było proste. Musiała się położyć, rozluźnić i wyobrazić sobie główną ulicę handlową w mieście, a potem skoncentrować się na jednej wystawie sklepowej i zapamiętać wszystkie szczegóły – towary, ich cenę, ekspozycję. Po wykonaniu ćwiczenia należało udać się na tę ulicę i skonfrontować swoje wyobrażenia z rzeczywistością.

Teraz patrzyła na dzieci. Właśnie wróciła ze sklepu, gdzie wszystko wyglądało dokładnie tak, jak sobie wcześniej wyobraziła. Zastanawiała się, czy każdy by to potrafił, czy raczej na wynik wpłynęły miesiące ćwiczeń. Wiedziała, że nigdy nie pozna odpowiedzi.

Ulica handlowa znajdowała się blisko jej „magicznego miejsca". „Nic nie dzieje się przypadkiem", pomyślała. Myślała o jednym – o miłości. Kochała Lorensa, była tego pewna. Wierzyła, że jako adeptka Tradycji Księżyca zobaczy świetlisty punkt nad jego lewym ramieniem. Pewnego wieczoru poszli na gorącą czekoladę do kawiarni przy wieży opisywanej przez Jamesa Joyce'a w *Ulissesie*. I tam dostrzegła to szczególne światło w oczach Lorensa.

Mag miał rację. Tradycja Słońca jest drogą wszystkich ludzi. Otwiera się przed każdym, kto umie się modlić, jest cierpliwy i otwarty na jej nauki. Im głębiej zanurzała się w Tradycji Księżyca, tym lepiej rozumiała i podziwiała Tradycję Słońca.

Mag. Nie mogła przestać o nim myśleć. Te myśli przywiodły ją do „magicznego miejsca". Od ostatniego spotkania często biegły ku niemu. Miała przemożna ochotę natychmiast do niego jechać, opowiedzieć mu o ostatnim ćwiczeniu, choć wiedziała, że to tylko pretekst, bo w rzeczywistości marzyła o wspólnej przechadzce po lesie, o byciu blisko niego. Była pewna, że ucieszyłby się na jej widok. Z jakiegoś dziwnego powodu, nad którym nawet nie śmiała się zastanawiać, podejrzewała, że on też lubi jej towarzystwo.

„Zawsze miałam bujną wyobraźnię", pomyślała, starając się odgonić myśl o nim, choć i tak wiedziała, że powróci.

Nie chciała stale o nim dumać. Była kobietą i wiedziała, jak objawia się nowa miłość. Musiała się przed nią bronić z całych sił. Kochała Lorensa i nie chciała tego zniszczyć. Jej świat już i tak stanął na głowie.

W sobotę rano zadzwonił Lorens.

– Wybierzmy się na spacer na skałki – powiedział.

Przygotowała piknik. Po godzinie jazdy autobusem, w którym panował przeraźliwy ziąb, około południa dotarli na miejsce.

Brida była podekscytowana. Na pierwszym roku studiów dużo czytała o poecie, który kiedyś mieszkał tu niedaleko. Wielki znawca Tradycji Księżyca, należał do wielu ezoterycznych stowarzyszeń, a w swoich książkach zawarł tajemne przesłanie dla tych, którzy poszukują duchowej drogi. Nazywał się William Butler Yeats. Przypomniała sobie kilka wersów, jakby stworzonych na okoliczność tego chłodnego poranka i mew, szybujących nad łodziami przycumowanymi w przystani.

...mam tylko sny,
Więc rozpostarłem je pod twoje stopy.
Lekko stąpaj, ponieważ depczesz moje sny.

Weszli do jedynego we wsi pubu, wypili po jednej whisky na rozgrzewkę i ruszyli w stronę skał. Wąska asfaltowa droga wkrótce zaczęła stromo piąć się w górę. Pół godziny później dotarli do skałek, jak nazywali to miejsce okoliczni mieszkańcy. Był to skalisty cypel, którego brzegi stromo opadały ku morzu.

Całą trasę można było pokonać nieśpiesznym krokiem w cztery godziny. Potem wystarczyło wsiąść w autobus i znów było się w Dublinie.

Brida była zachwycona. Bez względu na uczucia panujące w jej sercu, zima była zawsze trudna do zniesienia. W dzień chodziła do pracy, wieczorami na zajęcia na uniwersytecie, w weekendy do kina. Dopełniała rytuałów w wyznaczonych godzinach i tańczyła tak, jak nauczyła ją Wikka. Ale brakowało jej przestrzeni, obcowania z naturą.

Dzień był zimny i mglisty, chmury snuły się nisko, ale rozgrzał ich szybki marsz i whisky. Ścieżka była zbyt wąska dla dwojga. Lorens szedł pierwszy, Brida kilka metrów za nim. W takich warunkach trudno rozmawiać, ale od czasu do czasu zamieniali parę słów, tyle tylko, by poczuć wzajemną obecność.

Z dziecięcą fascynacją rozglądała się wokół. Pewnie nic się tu nie zmieniło od tysięcy lat, pewnie wszystko wyglądało tak samo w epoce, gdy nie było ani miast, ani portów, ani poetów, ani dziewczyn poszukujących Tradycji Księżyca. Wtedy, tak jak teraz, były tu tylko skały, huk morskich fal i mewy szybujące pod niskimi chmurami. Od czasu do czasu zerkała w przepaść i czuła lekki zawrót głowy. Morze mówiło coś, czego nie rozumiała, mewy kreśliły rysunki, za którymi nie nadążała. Mimo to patrzyła jak zaczarowana na ten pierwotny krajobraz, jakby to w nim, a nie we wszystkich przeczytanych książkach czy rytuałach, była zaklęta prawdziwa mądrość Wszechświata. W miarę jak oddalali się od przystani, wszystko traciło sens: marzenia, codzienność, poszukiwania. Zostawało jedynie to, co Wikka nazywała „podpisem Boga".

Najzwyczajniejsza chwila wśród czystych sił przyrody, poczucie pełni, obecność kochającego człowieka.

Po dwóch godzinach marszu usiedli, żeby odpocząć, ale nie na długo, bo wkrótce zimno dałoby się im we znaki. Chciała choć przez kilka chwil posiedzieć obok Lorensa, razem patrzeć na chmury i wsłuchać się w szum fal.

Poczuła zapach i słony smak morza. Wtuliła twarz w kurtkę Lorensa, żeby rozgrzać policzki. Ogarnęła ją niewysłowiona błogość, poczuła, jak budzą się w niej wszystkie zmysły.

Wszystkie pięć zmysłów.

Przez ułamek sekundy pomyślała o Magu i zaraz o nim zapomniała. Liczyło się tylko pięć zmysłów. Nie mogła dopuścić, by na powrót usnęły. To był właściwy moment.

– Lorens, chcę ci coś powiedzieć.

Mruknął coś pod nosem, a jego serce przeszył lęk. Gdy tak patrzył na chmury i na morze w dole, zrozumiał, że ta kobieta jest najważniejsza w jego życiu. Że jest wytłumaczeniem, jedynym powodem istnienia tych skał, nieba, zimy. Gdyby jej tu nie było, na nic by się zdały zastępy aniołów. Raj nie miałby racji bytu.

– Kocham cię – wyszeptała – bo ukazałeś mi radość miłości.

Czuła się spełniona, jakby wszystko wokół niej wniknęło w jej duszę. Lorens zaczął gładzić jej włosy. Była pewna, że jeśli zaryzykuje, doświadczy miłości, jakiej jeszcze nigdy nie przeżyła.

Pocałowała go. Poczuła smak jego ust i dotyk języka. Czuła każde jego drgnienie i domyślała się, że to samo dzieje się i z nim, bo Tradycja Słońca ukazuje się zawsze tym, którzy patrzą na świat, jakby go widzieli po raz pierwszy.

– Chcę się tutaj z tobą kochać, Lorens.

„Jesteśmy w miejscu publicznym, przemknęło mu przez myśl, i w każdej chwili ktoś może nadejść, ktoś na tyle szalony, żeby się tu włóczyć w środku zimy. Ale przecież taki szaleniec z pewnością zrozumie, że pewnych sił raz wprawionych w ruch nie można zahamować".

Wsunął ręce pod jej sweter i dotknął piersi. Brida oddawała mu się całkowicie – wszystkie moce świata zespoliły się z jej pięcioma zmysłami i przemieniły w nieokiełznaną energię. Położyli się na ziemi, pomiędzy skałą, przepaścią i morzem, pomiędzy życiem mew na niebie, a śmiercią kamienia na ziemi. Zaczęli się kochać bez lęku, bo Bóg ma w opiece niewinnych.

Nie czuli zimna. Krew w ich żyłach krążyła tak szybko, że zdarli z siebie ubrania. Nie było już bólu; kolana i plecy ocierały się o ostre kamienie, ale było to tylko dopełnieniem rozkoszy. To, na co tak długo czekała – najwyższe upojenie – było tuż, czuła to. Jeszcze nie teraz, za chwilę. Najważniejsze, że stanowiła jedność ze światem, jej ciało i jego ciało łączyło się z morzem, ze skałami, z życiem i ze śmiercią. Trwała w tym stanie tak długo, jak to było możliwe, a jednocześnie jak przez mgłę zdawała sobie sprawę, że robi coś, czego jeszcze nigdy w życiu nie robiła. Było to jak odnalezienie na nowo sensu życia, powrót do ogrodów Edenu, chwila, w której Ewa wraca do ciała Adama i obydwie połowy stają się jednym Stworzeniem.

Straciła już kontrolę nad sobą, pięć zmysłów wyrywało się na wolność, a jej brakło sił, by je okiełznać. Przeszył ją jakby święty promień i uwolniła je, a wtedy świat, mewy, smak soli, szorstkość ziemi, zapach morza, obraz nieba – wszystko zniknęło, a w ich miejsce pojawiła się złocista światłość, która rozlewała się dalej i dalej, aż po najdalszą gwiazdę w galaktyce.

Powoli stan uniesienia mijał, znów widziała morze i chmury, za to na wszystko spłynął błogi spokój, spokój Wszechświata, który, choć na krótko, stał się zrozumiały, bo przez jedno mgnienie stanowiła z nim jedność. Odkryła jeszcze jeden pomost łączący widzialne z niewidzialnym. I nigdy nie zapomni drogi, która ją przywiodła do tej chwili.

Następnego dnia zadzwoniła do Wikki i opowiedziała jej o wszystkim. Wikka długo milczała.

– Gratuluję – odezwała się w końcu. – Udało się. Od tej chwili potęga seksu spowoduje głęboką przemianę w twoim sposobie widzenia i odczuwania świata. Jesteś gotowa na święto Równonocy. Potrzebna ci jeszcze tylko....

– Jeszcze coś? Mówiła pani, że na tym koniec!

– To bardzo proste. Musisz wyśnić sobie sukienkę, którą założysz na tę okazję.

– A jeśli mi się nie uda?

– Uda się. Najtrudniejsze już za tobą – zapewniła Wikka i jak zwykle zmieniła temat. – Kupiłam nowy samochód. Jadę na zakupy. Masz ochotę wybrać się ze mną?

Brida poczuła się dowartościowana zaproszeniem: po raz pierwszy Wikka spojrzała na nią nieco życzliwszym okiem. Ubłagała szefa, żeby zwolnił ją wcześniej z pracy.

Kto wie, może tym razem przekona Wikkę, jak wiele dla niej znaczy, może wreszcie się zaprzyjaźnią? Trudno jej było oddzielić przyjaźń od duchowych poszukiwań i miała żal do Wikki, że ta jak dotąd trzymała ją na dystans. Rozmowy z nią zawsze dotyczyły kolejnych etapów na ścieżce Tradycji Księżyca.

O wyznaczonej godzinie Wikka czekała w czerwonym kabriolecie MG. Samochód, klasyczny model angielskiego przemysłu motoryzacyjnego, był doskonale utrzymany, wszystko w nim błyszczało – od lakieru karoserii, po drewno deski rozdzielczej. Brida nawet nie próbowała zgadnąć, ile to cacko mogło kosztować. Fakt, że czarownica była właścicielką tak drogiego samochodu, nieco ją przerażał. Słyszała w dzieciństwie opowieści o wiedźmach, które sprzedawały duszę diabłu za bogactwo i władzę.

– Czy nie za chłodno na jazdę z otwartym dachem? – spytała wsiadając do samochodu.

– Nie mogę się już doczekać lata – odpowiedziała Wikka. – Po prostu nie mogę. Zawsze marzyłam o kabriolecie i jeździe z otwartym dachem.

Przynajmniej w tym nie różniła się od innych.

Ruszyły z piskiem opon.

– To dobrze, że masz wątpliwości, czy uda ci się wyobrazić sukienkę – Wikka poruszyła temat, o którym Brida zdążyła już zapomnieć. – Nigdy nie przestawaj mieć wątpliwości. Brak wątpliwości to znak, że zatrzymałaś się w rozwoju. Wtedy wtrąca się Bóg i przekreśla wszystko, co osiągnęłaś, bowiem w ten sposób sprawuje kontrolę nad wybranymi i pilnuje, by każdy z nich przeszedł wszystkie etapy drogi do końca. Zmusza nas do dalszych wysiłków za każdym razem, kiedy zatrzymujemy się w pół drogi, czy to dla wygody, czy z lenistwa, czy też na skutek fałszywego przekonania, że wiemy już wszystko. Z drugiej strony uważaj, by wątpliwości cię nie obezwładniły. Podejmuj zawsze konieczne decyzje, nawet jeśli nie jesteś pewna ich słuszności. Nigdy nie zbłądzisz, jeśli dokonując wyboru będziesz pamiętać o starym niemieckim powiedzeniu, które przywłaszczyła sobie Tradycja Księżyca: *diabeł tkwi w szczegółach*. Pamiętaj o nim, a wtedy błędną decyzję uda ci się zamienić na właściwą.

Wikka zatrzymała się nagle przed warsztatem samochodowym.

– Jest pewien przesąd związany z tym powiedzeniem – powiedziała. – Szkoda, że przypominamy sobie o nim za późno. Samochód kupiłam niedawno, tymczasem diabeł tkwi w szczegółach.

– Zepsuł się pani dach? – spytał mechanik.

Nie odpowiedziała na pytanie, poprosiła tylko, żeby zrobił kompletny przegląd i poszły na gorącą czekoladę do kawiarni po drugiej stronie ulicy.

– Przyjrzyj się mechanikowi – rzekła Wikka, patrząc przez szybę na warsztat i stojącego nieruchomo przy otwartej masce mężczyznę. – Niczego nie dotyka. Tylko się przygląda. Ma doświadczenie w swym fachu i wie, że samochód mówi do niego swoim własnym językiem. Teraz nie posługuje się rozumem lecz intuicją.

Nagle mężczyzna pochylił się nad jakąś częścią silnika i zaczął przy nim majstrować.

– Znalazł usterkę – ciągnęła Wikka. – Nie tracił czasu, bo bezbłędnie porozumiewa się z maszyną. Tak zachowują się wszyscy znani mi mechanicy.

„I ci, których ja znam", pomyślała Brida, która dotąd sądziła, że tak postępują, bo nie wiedzą od czego zacząć, chociaż tak się jakoś działo, że gdy już zabierali się do roboty, zawsze bez wahania dokręcali lub odkręcali właściwą śrubkę.

– Skoro posiedli wiedzę Tradycji Słońca, dlaczego nigdy nie starają się zgłębić podstawowych pytań Wszechświata? Czemu wolą naprawiać silniki albo serwować piwo w pubach?

– A dlaczego sądzisz, że my, dzięki drodze ducho-wej, lepiej rozumiemy Wszechświat od innych? Mam wielu uczniów. Są tacy jak inni: płaczą w kinie, nie-pokoją się, gdy ich dzieci spóźniają się do domu. A przecież wiedzą, że śmierć nie jest końcem. Czary są jedną z form zbliżenia się do Najwyższej Wiedzy, ale cokolwiek robisz, o ile wkładasz w to serce, zbli-ża cię do niej. My, czarownice, potrafimy porozumie-wać się z Duszą Świata, dostrzegamy świetlisty punkt nad lewym ramieniem Drugiej Połowy, kon-templujemy nieskończoność w blasku i ciszy świecy. Ale nie znamy się na silnikach samochodowych. Tak jak my potrzebujemy mechaników, tak oni potrzebu-ją nas. Odnajdują swój pomost ku niewidzialnemu w silniku samochodowym, tak jak naszym pomo-stem jest Tradycja Księżyca. Ale niewidzialne pozo-staje zawsze to samo. Rób to, co do ciebie należy i nie zajmuj się innymi. Uwierz, że Bóg również przema-wia do nich, a oni, tak samo jak ty, pragną odkryć sens życia.

– Gotowe – powiedział mechanik, gdy wróciły z kawiarni. – Miała pani szczęście. Jeden z przewo-dów ledwo się trzymał i mogło się to źle skończyć.

Wikka na szczęście w porę przypomniała sobie o starym przysłowiu.

Pojechały na jedną z głównych ulic handlowych Dublina, tę samą, na której nie tak dawno Brida oglądała wystawę. Dużo rozmawiały, ale ilekroć rozmowa schodziła na tematy osobiste, Wikka odpowiadała wymijająco. Rozprawiała natomiast z wielkim ożywieniem o sprawach trywialnych: cenach, strojach, nieprzyjemnej obsłudze. Wydała sporo pieniędzy na rzeczy świadczące o jej wyrafinowanym guście.

Brida wiedziała, że o źródło dochodów nie wypada pytać, ale z trudem pohamowała ciekawość i mało brakowało, a złamałaby tę podstawową zasadę dobrego wychowania.

Na koniec poszły do znanej restauracji japońskiej i zamówiły *sashimi*.

– Niech Bóg pobłogosławi ten pokarm – powiedziała Wikka. – Jesteśmy żeglarzami po nieznanych wodach, niechaj Bóg da nam dość odwagi, byśmy nie lękali się przyjąć tajemnicy.

– Przecież pani jest Nauczycielką Tradycji Księżyca – zauważyła Brida. – Pani zna odpowiedzi.

Przez chwilę Wikka milczała, nieobecnym wzrokiem wpatrując się w talerz.

– Potrafię przenosić się między teraźniejszością a przeszłością – powiedziała wreszcie. – Poznałam świat duchów i moce tak zdumiewające, że nie oddadzą tego żadne słowa wszystkich języków. Mogłabym powiedzieć, że znana mi jest wędrówka, która przywiodła ludzkie plemię do miejsca, gdzie dziś się znajduje. Ponieważ wiem to wszystko i jestem mistrzynią, wiem również, że nigdy, przenigdy nie poznamy ostatecznego celu naszej egzystencji. Dana jest nam wiedza, jak, gdzie, kiedy i w jaki sposób znaleźliśmy się tutaj, lecz pytanie *dlaczego?* na zawsze pozostanie bez odpowiedzi. Prawdziwy cel wielkiego Architekta Wszechświata jest znany Jemu i tylko Jemu.

Zapadła cisza.

– My się tu rozkoszujemy jedzeniem, a tymczasem dziewięćdziesiąt dziewięć procent ludzi na tej planecie boryka się na swój sposób z tym pytaniem. *Po co* tu jesteśmy? Wielu sądzi, że znalazło odpowiedź w religii lub w materializmie. Inni w rozpaczy trwonią życie i fortunę na próżne wysiłki zrozumienia. Są też tacy, którzy lekceważą to pytanie i żyją chwilą, nie pomni na konsekwencje. Tylko odważni i ci, którzy weszli na ścieżkę Tradycji Słońca i Księżyca, znają jedyną możliwą odpowiedź na to pytanie. A brzmi ona: *nie wiem*. Na pierwszy rzut oka może się to wydać przerażające, bo pozostawia nas bez oparcia wobec świata, jego spraw i samego sensu życia. Jednak gdy minie początkowe przerażenie, przyzwyczajamy się stopniowo do jedynego możliwego rozwiązania, jakim jest podążanie za naszymi marzeniami. Odwaga wędrowania w upragnionym kierunku jest jedynym sposobem udowodnienia, że ufamy Bogu. Z chwilą, gdy spojrzymy prawdzie w oczy, życie nabiera wymiaru sakralnego i doświadczamy tych samych wzruszeń, co Maria, matka Jezusa, gdy pewnego wieczoru objawił się jej nieznajomy i złożył propozycję. *Niech mi się stanie według Twego słowa* – odpowiedziała Maria. Bowiem pojęła, iż najwspanialszą rzeczą, jaką istota ludzka może zrobić, jest zgoda na Tajemnicę.

Po długiej chwili milczenia Wikka wzięła do rąk pałeczki i zabrała się z apetytem za jedzenie. Brida patrzyła na nią, dumna, że jest jej uczennicą. Już nie myślała o pytaniach, których nigdy nie zada: skąd jej przewodniczka ma pieniądze, czy kogoś kocha, czy jest zazdrosna o jakiegoś mężczyznę. Zamyśliła się nad wielkością prawdziwych mędrców. Tych, którzy strawili całe życie na poszukiwaniu nieistniejącej odpowiedzi, a zrozumiawszy że taka odpowiedź nie istnieje, nie próbowali nikogo przekonywać, że ją odkryli. Wiedli dalej pokorne życie we Wszechświecie, o którym wiedzieli, że nigdy go nie pojmą. Mogli być jego częścią tylko w jeden sposób: podążając za własnymi marzeniami, bo dzięki nim człowiek staje się narzędziem Boga.

– A więc nie warto szukać? – zapytała.

– Nie szukamy. Godzimy się, a wtedy życie nabiera blasku i intensywności, bo pojmujemy, że każdy nasz krok, w każdej minucie życia, jest ważniejszy niż my sami. Odkrywamy, że w jakimś miejscu czasu i przestrzeni znajdzie się odpowiedź na to pytanie. Pojmujemy, że jest powód, dla którego tu jesteśmy, i to wystarcza. Zanurzamy się w Ciemną Noc z wiarą, spełniamy to, co niegdysiejsi alchemicy nazywali Własną Legendą i oddajemy się całkowicie każdej chwili, świadomi, że jest jakaś ręka, która nas prowadzi, a do nas należy wybór, czy chwycić ją czy nie.

Tej nocy Brida długie godziny słuchała muzyki, ciesząc się życiem. Przypomniała sobie swych ulubionych autorów. Spośród nich angielski poeta, William Blake jednym zaledwie zdaniem przesądził o słuszności poszukiwania wiedzy:

To co dziś dowiedzione,
było niegdyś tylko przypuszczalne.

Nadszedł czas rytuału. Przez kilka następnych minut miała przyglądać się płomieniowi świecy, dlatego usiadła przed ołtarzykiem. Płomień powiódł ją ku dniu, w którym kochali się z Lorensem na skałach. Były tam mewy wznoszące się tak wysoko jak chmury i tak nisko jak fale.

Na widok tajemniczych stworzeń, które raz po raz zanurzały się w ich świecie, by równie szybko zniknąć, ryby pewnie się dziwiły, jak to możliwe, żeby latać.

Ptaki z kolei pewnie się dziwiły, jak to możliwe, żeby istoty stanowiące ich pokarm, mogły żyć i oddychać pod wodą.

Istnieją i ptaki, i ryby. Żyją w światach, które tylko od czasu do czasu się przenikają, ale jedne nie potrafią odpowiedzieć na pytania drugich. A przecież jednych i drugich nurtują pytania, na które istnieją odpowiedzi.

Brida wpatrywała się w płomień świeczki i czuła, jak wzbiera w niej nastrój magii. Tak działo się zawsze, ale tej nocy o wiele intensywniej.

Jeśli stawiała pytanie, to dlatego, że w innym Wszechświecie była na nie odpowiedź. Ktoś ją znał, choćby ona nigdy nie miała jej poznać. Nie musiała rozumieć sensu życia, wystarczyło spotkać Kogoś, kto go zna. A potem zasnąć w Jego ramionach jak dziecko, które wie, że ktoś silniejszy od niego chroni je przed wszelkim złem i niebezpieczeństwami.

Gdy dopełniła rytuału, zmówiła modlitwę dziękczynną za wszystko, co dotąd osiągnęła. Podziękowała za to, że pierwsza osoba, którą spytała o magię, nie starała się tłumaczyć jej Wszechświata, wręcz przeciwnie, poddała ją próbie Ciemnej Nocy w lesie.

Musiała pójść do niego i podziękować mu za wszystko, czego ją nauczył.

Ilekroć coś ją trapiło, biegła do niego, a gdy osiągała swój cel, odchodziła − często bez pożegnania. A przecież to on przywiódł ją przed próg, który przekroczy najbliższej Równonocy. Musiała przynajmniej powiedzieć mu dziękuję.

Nie, nie obawiała się, że się w nim zakocha. W oczach Lorensa dojrzała tajemną stronę jego duszy. Mogła mieć wątpliwości co do snu o swojej sukience, ale jeśli chodziło o miłość, wszystko stało się dla niej jasne.

– Dziękuję, że przyjął pan moje zaproszenie – powiedziała, gdy siadali przy stoliku. Byli w jedynym pubie we wsi – w tym samym, w którym dostrzegła dziwny blask jego oczu. Mag milczał. Nie uszło jego uwagi, że jej energia uległa całkowitej przemianie: najwyraźniej zdołała zbudzić Siłę.

– W dniu, w którym zostałam sama w lesie, obiecałam sobie, że wrócę, by panu podziękować lub pana przekląć. Obiecałam, że wrócę, gdy odkryję swoje powołanie. Żadnej z tych obietnic nie dotrzymałam. Przychodziłam tu zawsze po pomoc, a pan nigdy mi jej nie odmówił. Chcę, by pan wiedział, że był narzędziem w ręku Boga. Pragnę, by był pan dziś moim gościem.

Zamierzała zamówić jak dawniej dwie whisky, ale mężczyzna podniósł się i podszedł do baru. Wrócił z butelką wina, butelką wody mineralnej i dwoma kieliszkami.

– W starożytnej Persji – powiedział – gdy spotykało się dwoje ludzi, by się wspólnie napić, wybierano jednego z nich na Króla Nocy. Zwykle była nim osoba zapraszająca.

Nie był pewien, czy nie zadrżał mu głos. Był zakochany, a energia dziewczyny uległa przemianie.

Postawił na stole wino i wodę mineralną.

– Król Nocy nadawał ton rozmowie. Jeśli do pierwszego kieliszka nalał więcej wody niż wina, oznaczało to, że będą mówić o poważnych sprawach. Jeśli proporcje były równe, mieli mówić o sprawach poważnych acz przyjemnych. Jeśli zaś napełnił kieliszek winem i dodał zaledwie kilka kropel wody, to noc zapowiadała się wesoło.

Brida napełniła kieliszki po brzegi winem i dolała do każdego jedną kroplę wody.

– Przyjechałam, żeby panu podziękować – powtórzyła. – Za to, że nauczył mnie pan, że życie jest aktem wiary. Że jestem godna mych poszukiwań. Bardzo mi to pomogło w przemierzaniu drogi, którą wybrałam.

Szybko opróżnili kieliszki: on, bo był spięty, ona, bo czuła się swobodnie.

– A zatem tematy lekkie? – spytała.

– Jesteś Królową Nocy i to ty decydujesz, o czym będziemy rozmawiać.

– Chciałabym dowiedzieć się czegoś o pańskim życiu osobistym. Czy kiedyś coś pana łączyło z Wikką?

Przytaknął. Brida poczuła niewyjaśnione ukłucie zazdrości, ale nie potrafiła odpowiedzieć, czy była to zazdrość o niego, czy o nią.

– Ale nigdy nie zamierzaliśmy być razem – ciągnął dalej. – Oboje znamy Tradycje. Wiedzieliśmy, że żadne z nas nie jest Drugą Połową dla drugiego.

„Nigdy nie chciałam poznawać prawdy o świetlistym punkcie", pomyślała, ale teraz, wiedziała, było to nieuniknione. Tak to właśnie jest między adeptami magii.

Wypiła jeszcze łyk wina. Mogła się wreszcie odprężyć, bo zbliżała się Równonoc – cel był tuż tuż.

Chciała podpytać go o Wikkę, ale Mag ciągle miał się na baczności. Raz po raz dolewała do kieliszków. Pierwszą butelkę opróżnili w połowie rozmowy o niedogodnościach życia na prowincji, w małej wsi, takiej jak ta. W mniemaniu miejscowych Mag miał konszachty z diabłem.

„Pewnie doskwiera mu samotność, pomyślała. Może mieszkańcy wioski wymieniają z nim tylko zdawkowe pozdrowienia". Otworzyli drugą butelkę. Zdziwiła się, że on, jakby nie było Mag, człowiek, który spędza całe dnie w lesie, poszukując jedności z Bogiem, najwyraźniej nie stroni od alkoholu, a nawet czasem się upija.

Zanim opróżnili drugą butelkę, Brida zdążyła zapomnieć, że przyjechała tylko po to, żeby mu podziękować. Zrozumiała teraz, że ich znajomość była zawsze w istocie wyzwaniem. Nie chciała widzieć w nim zwykłego człowieka, choć niebezpiecznie zbliżała się do tej granicy. Wolała wyobrażać go sobie jako mędrca, który poprowadził ją do szałasu wysoko pośród koron drzew, gdzie godzinami kontemplował zachody słońca.

153

Zaczęła znów mówić o Wikce i obserwować, jak zareaguje. Chwaliła ją jako mistrzynię, która tak subtelnie wprowadzała ją w tajniki magii, że stale miała wrażenie, że wszystko to, co akurat zgłębia, jest jej znane od dawna.

– Bo tak było – przerwał jej Mag. – Na tym polega Tradycja Słońca.

„Za nic nie przyzna, że Wikka jest dobrą nauczycielką", pomyślała. Wypiła kolejny kieliszek wina i dalej wychwalała Wikkę, a Mag tym razem jej nie przerywał.

– Niech mi pan opowie o waszej miłości – poprosiła, żeby sprawdzić czy uda się go sprowokować. Wcale ją to nie obchodziło – naprawdę – ale tylko w ten sposób mogła liczyć na jakieś wyznania z jego strony.

– Ot, młodzieńcza miłość. Należeliśmy do pokolenia, dla którego nie istniały żadne granice. Pokolenia Beatlesów i Rolling Stonesów.

Zaskoczyła ją ta odpowiedź. Wino, zamiast rozluźniać, sprawiło, że czuła się skrępowana. Chciała zadać tyle pytań, ale teraz uświadamiała sobie, że nie takich pragnęła odpowiedzi.

– Wtedy się spotkaliśmy – ciągnął, nie zdając sobie sprawy z tego, co się z nią dzieje. – Oboje byliśmy pogubieni, szukaliśmy sensu życia. Nasze drogi skrzyżowały się u tego samego mistrza. Razem zgłębialiśmy Tradycję Słońca i Tradycję Księżyca i każde z nas na swój sposób stało się mistrzem.

Postanowiła drążyć temat. Dwie butelki wina potrafią przemienić obcych sobie ludzi w serdecznych przyjaciół i dodają animuszu.

– Dlaczego się rozstaliście?

Mag zamówił kolejną butelkę. Zauważyła to kątem oka i bacznie nadstawiła uszu. Nie zniosłaby, gdyby okazało się, że nadal kocha Wikkę.

– Rozstaliśmy się, bo dowiedzieliśmy się o istnieniu Drugiej Połowy.

– A bylibyście nadal razem, gdybyście nie mieli pojęcia o świetlistych punktach, ani o blasku oczu?

– Nie wiem. Wiem jedynie, że nie byłoby to dobre dla żadnego z nas. Jesteśmy w stanie w pełni pojąć życie i Wszechświat tylko wtedy, gdy spotkamy naszą Drugą Połowę.

Przez chwilę nie wiedziała, co powiedzieć.

– Chodźmy stąd – powiedział Mag zaledwie spróbowawszy wina z trzeciej butelki. – Chcę poczuć na twarzy wiatr i chłodne powietrze.

„Jest pijany, pomyślała. I boi się". Była dumna, że ma mocniejszą głowę; nie obawiała się utraty kontroli. Tej nocy chciała się dobrze bawić.

– Jeszcze trochę. To ja jestem Królową Nocy.

Wypił jeszcze kieliszek, ale stwierdził, że na tym koniec.

– A pan o nic mnie nie zapyta? – rzuciła wyzywająco. – Nie jest pan niczego ciekaw? Czy może widzi pan wszystko dzięki magicznym sztuczkom?

Przez ułamek sekundy zdawało się jej, że posunęła się za daleko, ale było jej wszystko jedno. Spostrzegła jedynie, że oczy Maga zmieniły się, świeciły teraz całkiem innym blaskiem. Coś w Bridzie zdawało się otwierać, albo raczej miała wrażenie, że rozpada się jakiś mur i że dalej wszystko już będzie dozwolone. Cofnęła się myślą do poprzedniej wizyty, przypomniała sobie, jak gorąco pragnęła z nim pozostać i chłód, z jakim ją potraktował. Wiedziała już, że nie przyjechała tu wcale po to, by podziękować, ale po to, żeby się zemścić: żeby powiedzieć, że odkryła Siłę z innym mężczyzną, mężczyzną, którego kocha.

„Dlaczego chcę się na nim mścić? Dlaczego jestem na niego zła?". Ale wino mąciło jej myśli.

Mag patrzył na siedzącą naprzeciw dziewczynę i z trudem hamował pragnienie, by zademonstrować swą Moc. Przed wielu laty, pewnego dnia takiego jak ten, zmieniło się całe jego życie. Istotnie były to czasy Beatlesów i Rolling Stonesów, ale i czasy ludzi zauroczonych nadprzyrodzonymi mocami, ludzi, którzy w ich istnienie bynajmniej nie wierzyli. Ale posługiwali się magiczną mocą, absolutnie pewni tego, że są od niej silniejsi. Był jednym z nich. Wkroczył do świata uświęconego poprzez Tradycję Księżyca, poznał rytuały i przemierzył pomost łączący widzialne z niewidzialnym.

Najpierw parał się magią po amatorsku, korzystając jedynie z pomocy książek. Potem spotkał mistrza, który już podczas pierwszego spotkania radził mu, by zajął się Tradycją Słońca, ale Mag nie przejawiał ku temu chęci. Fascynowała go Tradycja Księżyca, zawierająca w sobie prastare rytuały i mądrość czasu. Więc mistrz uczył go Tradycji Księżyca, w nadziei, że poprzez nią kiedyś dotrze do Tradycji Słońca.

Mag był wtedy zarozumiałym młodym człowiekiem, pewnym swojej przyszłości i przyszłych sukcesów. Przepowiadano mu błyskotliwą karierę zawodową i zamierzał wykorzystać Tradycję Księżyca do osiągnięcia własnych celów. Aby zdobyć do tego prawo, w myśl zasad magii musiał przede wszystkim zostać mistrzem, a potem skrupulatnie przestrzegać jedynego zakazu obowiązującego każdego mistrza Tradycji Księżyca – nie igrać z wolną wolą innych. Przy pomocy magii mógł torować sobie drogę w świecie, ale nie mógł usuwać innych stojących mu na przeszkodzie, ani też zmuszać ich, by na tę drogę wstąpili. Był to jedyny zakaz, jedyne drzewo, którego owoców nie wolno mu było skosztować.

Wszystko toczyło się pomyślnie, dopóki nie zakochał się z wzajemnością w jednej z uczennic swego mistrza. Oboje byli już dość wtajemniczeni, stąd wiedział, że nie jest mężczyzną dla niej, ona zaś wiedziała, że nie jest kobietą dla niego. Mimo to ulegli namiętności, pozostawiając w ręku losu obowiązek ich rozdzielenia, gdy nadejdzie właściwy moment. Był to związek burzliwy, pełen pasji. Przeżywali każdą chwilę, jakby miała być ostatnią, a ich miłość zyskała intensywność właściwą sprawom, które stają się wieczne świadomością, że muszą umrzeć.

Aż pewnego dnia ona spotkała kogoś innego, kogoś, kto nie znał Tradycji, kto nie miał świetlistego punktu nad ramieniem, ani blasku w oczach, znamionującego Drugą Połowę. Ale i tak zakochała się bez pamięci, jako że miłość nie dba o powody. Dla niej czas z Magiem dobiegł końca.

Awanturowali się i kłócili, on błagał, skamlał, znosił wszelkie upokorzenia, jakie gotowi są znieść tylko zakochani. Dla tej miłości przeżył stany, których nigdy nie zamierzał poznać: oczekiwanie, strach i zgodę na wszystko. „On nie jest twoją Drugą Połową, przecież sama mi mówiłaś", starał się ją przekonać. Ale nie słuchała. Chciała poznać innych mężczyzn zanim spotka swoją Drugą Połowę.

Pewnego dnia z powodu, którego już dziś nie pamięta, wyznaczył sobie granicę bólu, za którą mógł tylko zapomnieć o tej kobiecie. Jednak zamiast o niej zapomnieć, odkrył, że mistrz miał rację – emocje są jak dzikie konie i potrzeba wielkiej mądrości, by je okiełznać. Namiętność była silniejsza niż wszystkie lata zgłębiania Tradycji Księżyca, silniejsza niż wyuczona kontrola nad zmysłami, silniejsza niż surowa dyscyplina, którą sobie narzucił, by dotrzeć do celu. Namiętność była ślepą siłą szepczącą mu do ucha, że nie może stracić tej kobiety.

Był wobec niej bezsilny. Ona również była mistrzynią – Nauczycielką. Znała swoje rzemiosło z wielu wcieleń, jednych pełnych chwały, innych naznaczonych ogniem i cierpieniem. Umiała się bronić.

A pośrodku tej opętańczej walki była jeszcze trzecia osoba – mężczyzna uwikłany w tajemną intrygę przeznaczenia, pajęczą sieć, z której ani magowie, ani czarownice nie potrafią się wyswobodzić. Zwykły mężczyzna, pewnie tak samo zakochany jak on, pragnący uszczęśliwić swą wybrankę, dać jej z siebie to, co najlepsze. Zwykły mężczyzna, którego tajemne wyroki Opatrzności rzuciły nagle w wir walki pomiędzy mężczyzną i kobietą, obeznanymi z Tradycją Księżyca.

Którejś nocy, gdy nie był już w stanie dłużej znosić tego piekła, skosztował owocu z zakazanego drzewa. Posługując się siłami i wiedzą przekazaną mu przez mądrość Czasu, odsunął tamtego mężczyznę od swej ukochanej.

Nigdy się nie dowiedział, czy ona to odkryła – może znudziła się jej nowa zdobycz i nawet nie zwróciła uwagi na to, że zniknął z jej życia. Ale mistrz wiedział, bo zawsze wiedział o wszystkim, a Tradycja Księżyca była bezlitosna dla świeżo wtajemniczonych, którzy posługiwali się Czarną Magią, zwłaszcza w sprawach najważniejszych i najdelikatniejszych dla istot ludzkich – w sprawach uczuć. Stając twarzą w twarz z mistrzem, zrozumiał, że nie wolno mu było złamać świętych ślubów. Że siły, nad którymi zdawał się panować, są o wiele potężniejsze od niego. Zrozumiał, że podąża wybraną drogą, ale to droga szczególna, bo nie sposób z niej zejść. Pojął wreszcie, że w tym wcieleniu nie ma dla niego innej.

Popełnił błąd i musiał za niego zapłacić. Ceną była najokrutniejsza trucizna, jaką jest samotność, która trwać miała dopóty, dopóki Miłość zrozumie, że na nowo stał się mistrzem. Wtedy ta sama Miłość, którą zranił, wyzwoli go, stawiając w końcu na jego drodze jego Drugą Połowę.

– A pan o nic mnie nie zapyta? Nie jest pan nicze-go ciekaw? Czy może widzi pan wszystko dzięki magicznym sztuczkom?

Całe życie przewinęło mu się przed oczami w ciągu zaledwie jednej sekundy, wystarczająco długiej, by zdecydować, czy ma pozwolić sprawom iść własnym tokiem, zgodnie z Tradycją Słońca, czy raczej powiedzieć o świetlistym punkcie i wpłynąć na przeznaczenie.

Chce być czarownicą, ale jeszcze nią nie jest. Przypomniał sobie myśliwską ambonę na szczycie drzewa. Był wtedy o krok od wyznania tajemnicy, a teraz pokusa wróciła, bo zapomniał o czujności, o tym, że diabeł tkwi w szczegółach. Człowiek jest kowalem własnego losu. Może popełniać zawsze te same błędy. Może uciekać zawsze przed wszystkim, czego pragnie, a co życie i tak hojnie mu ofiarowuje.

Albo też może zawierzyć Boskiej Opatrzności, chwycić dłoń Boga i walczyć o swoje marzenia, wierząc, że ich spełnienie dokona się zawsze we właściwym momencie.

– Wyjdźmy już stąd – powtórzył. Brida wiedziała, że tym razem mówi poważnie.

Nalegała, że zapłaci, była przecież Królową Nocy. Założyli kurtki i wyszli na zewnątrz, gdzie zimno nie doskwierało już tak bardzo, bo za kilka tygodni miała nadejść wiosna. Odprowadził ją na przystanek. Autobus, który miał odjechać za kilka minut, już czekał. Złość, która ją ogarnęła w pubie minęła, za to teraz miała kompletny mętlik w głowie. Nie chciała jechać tym autobusem. Wszystko poszło nie tak, wyglądało na to, że zaprzepaściła główny cel wizyty i chciała to naprawić przed odjazdem. Przyjechała, by mu podziękować, a zachowywała się tak jak poprzednio. Skarżyła się, że źle się czuje i nie wsiadła.

Po piętnastu minutach przyjechał następny.

– Nie chcę jechać – oznajmiła. – To nie z powodu wina. Po prostu wszystko zepsułam. Nie podziękowałam panu tak, jak powinnam.

– To ostatni autobus – ostrzegł Mag.

– Potem złapię taksówkę. Nieważne, ile to będzie kosztować.

Gdy autobus odjechał, pożałowała tych słów. Była zakłopotana, nie wiedziała, czego naprawdę chce. „Jestem pijana", pomyślała.

– Przejdźmy się trochę. Muszę wytrzeźwieć.

Szli przez opustoszałą wieś. Świeciły się latarnie, ale w oknach było ciemno. „To niemożliwe. Widziałam ten blask w oczach Lorensa, a chcę zostać tu z tym mężczyzną". Czuła się zwykłą, kapryśną kobietą, niegodną wszystkiego, co poznała i czego doświadczyła dzięki magii. Wstydziła się za siebie. Wystarczyło kilka kieliszków wina, żeby Lorens, jej Druga Połowa, i wszystkie nauki Tradycji Księżyca poszły w niepamięć. Przez chwilę pomyślała, że może się pomyliła, może blask w oczach Lorensa nie był tym, o którym mówi Tradycja Słońca. Ale wiedziała, że oszukuje samą siebie. Nikt nie może pomylić blasku oczu swojej Połówki.

Gdyby po raz pierwszy zobaczyła Lorensa w zatłoczonym foyer teatru, i gdyby ich spojrzenia choć na moment się spotkały, nie miałaby żadnej wątpliwości, że oto stoi przed nią mężczyzna jej życia. Znalazłaby sposób, żeby do niego podejść, zagadać, a jemu jej bezpośredniość na pewno nie byłaby niemiła. Bo Tradycje nigdy się nie mylą: Drugie Połowy muszą się kiedyś spotkać. Zanim o tym usłyszała, słyszała wiele o miłości od pierwszego wejrzenia, której nikt nie umie wytłumaczyć.

Każdy potrafi rozpoznać ten blask i żadne magiczne moce nie są do tego potrzebne. Sama przecież wiedziała o tym, nim dowiedziała się o jego istnieniu. Dostrzegła go choćby w oczach Maga podczas pierwszego spotkania.

Zatrzymała się.

„Jestem pijana, pomyślała znowu. Muszę o tym wszystkim zapomnieć. Teraz trzeba przeliczyć pieniądze, czy starczy na taksówkę. To jest naprawdę ważne".

A przecież widziała blask w oczach Maga. Blask, który mówił, że jest jej Drugą Połową.

– Jesteś blada – odezwał się. – Za dużo wypiłaś.

– Przejdzie. Usiądźmy na chwilę, dopóki nie poczuję się lepiej. Potem pojadę do domu.

Usiedli na ławce. Zaczęła grzebać w torebce w poszukiwaniu pieniędzy. Mogła wstać, zamówić taksówkę i odejść na zawsze. Miała swoją Nauczycielkę, wiedziała, jak iść dalej wybraną drogą. Znała również swoją Drugą Połowę. Jeśli teraz wstanie i odjedzie, i tak wypełni misję, jaką wyznaczył jej Bóg.

Miała tylko dwadzieścia jeden lat, ale wiedziała, że można spotkać dwie Drugie Połowy w tym samym wcieleniu, choć okupione to bywa bólem i cierpieniem. Jak przed tym uciec?

– Nie pojadę do domu – oświadczyła. – Zostaję.

Oczy Maga błyszczały. To, co dotąd było tylko iskierką nadziei, teraz stało się pewnością.

Szli przed siebie. Widział, jak raz po raz jej aura zmienia barwę. Miał nadzieję, że dziewczyna dokonała właściwego wyboru. Domyślał się, jakie burze i trzęsienia ziemi rozpętały się w sercu jego Drugiej Połowy, ale tak to właśnie bywa w procesie przemiany, i dotyczy to zarówno planet, jak i ludzi.

Byli już poza wioską i zmierzali w kierunku gór, gdzie się zwykle spotykali. Poprosiła, by się zatrzymał.

– Chodźmy tędy – zaproponowała, skręcając w ścieżkę wiodącą przez pola pszenicy. Nie wiedziała, czemu to robi. Poczuła nagle potrzebę kontaktu z siłami natury, z przyjaznymi duchami, które od stworzenia świata zamieszkują piękne miejsca planety. Wielki księżyc błyszczał na niebie i rozświetlał okoliczne pola.

Mag bez słowa ruszył za Bridą. W głębi serca dziękował Bogu za to, że zaufał i nie powtórzył błędu, który gotów był popełnić chwilę przed tym, jak spełniły się jego marzenia.

Wędrowali przez pszeniczne łany, które blask Księżyca przemienił w srebrzyste morze. Brida szła przed siebie, nie myśląc, co dalej. Jakiś wewnętrzny głos jej podpowiadał, że może iść naprzód, że jest równie silna, jak jej przodkinie i że nie musi się niczego obawiać, bo one jej towarzyszą, prowadzą ją i chronią.

Zatrzymała się pośrodku pola u podnóża gór. To na zboczu jednej z nich znajdował się olbrzymi głaz, z którego można było podziwiać zachód słońca, myśliwska ambona zawieszona wysoko w konarach drzew i miejsce, gdzie pewnej nocy młoda dziewczyna musiała się zmierzyć z panicznym lękiem i ciemnością.

„Jestem gotowa, pomyślała. Jestem gotowa i wiem, że coś mnie chroni".

– Tu jest dobrze – odezwała się.

Podniosła patyk i nakreśliła wielki krąg na ziemi, wymawiając święte zaklęcia, jakich nauczyła ją Wikka. Nie miała ze sobą rytualnego sztyletu, ale czyż jej przodkinie nie używały w magii przedmiotów codziennego użytku, żeby uniknąć stosu?

– Wszystko na świecie jest święte – rzekła. – Nawet ten patyk.

– To prawda – przytaknął Mag. – Wszystko na tym świecie jest święte. Nawet ziarenko piasku może stać się pomostem łączącym z niewidzialnym.

– Teraz takim pomostem jest dla mnie moja Druga Połowa – odpowiedziała Brida.

Do oczu napłynęły mu łzy. Bóg jest sprawiedliwy.

Weszli do kręgu, który Brida następnie rytualnie zamknęła. Tak czynili od niepamiętnych czasów magowie i czarownice.

– Wielkodusznie ukazałeś mi swój świat – rzekła Brida. – Odprawiam ten rytuał na znak, że do niego należę.

Wzniosła ramiona do Księżyca i wezwała magiczne siły natury. Widziała wielokrotnie, jak robi to Wikka przed wejściem do lasu. Teraz nadeszła jej kolej i była pewna, że nie popełni błędu. Moce podpowiadały, że nie musi się uczyć niczego nowego: wystarczy, że sobie przypomni, jak to robiła przez wieki we wszystkich swoich wcieleniach czarownicy. Zmówiła modlitwę o pomyślne zbiory i o wieczną urodzajność pól. Oto ona – kapłanka, która onegdaj modliła się o obfite zbiory, gdy jej mężczyzna pracował na roli.

Mag nie ingerował. Wiedział, że w pewnym momencie przejmie pałeczkę, a tymczasem niech zostanie zapisane w czasie i w przestrzeni, że to ona uczyniła pierwszy krok. Jego mistrz, który błądził gdzieś w przestrzeni astralnej w oczekiwaniu na następne życie, z pewnością był obecny na tym polu pszenicznym, tak samo jak był świadkiem ostatniego kuszenia w pubie, i bez wątpienia radował się, że cierpienie czegoś nauczyło jego ucznia. Mag wysłuchał w milczeniu inwokacji Bridy.

– Nie wiem, czemu to zrobiłam, ale wiem, że zrobiłam, co do mnie należało.

– Teraz moja kolej – rzekł.

Zwrócił się ku północy i z jego gardła wyrwał się okrzyk ptaków, znanych z mitów i legend. Tylko tego elementu brakowało do dopełnienia rytuału – Wikka doskonale się spisała, nauczyła Bridę wszystkiego prócz finału.

Gdy umilkły głosy świętego pelikana i feniksa, cały krąg wypełniło tajemnicze światło, które niczego wokół nie rozświetlało, a jednak było światłem. Spojrzał na swoją Drugą Połowę – stała tam olśniewająca w swej odwiecznej powłoce, otoczona złocistą aurą z promieniami rozchodzącymi się od pępka i czoła. Wiedział, że i ona widzi go tak samo, i że nad jego lewym ramieniem dostrzega świetlisty punkt, może trochę przez mgłę z powodu wypitego wina.

– Moja Druga Połowa – szepnęła.

– Zabiorę cię w podróż przez Tradycję Księżyca – powiedział. I nagle pole wokół przeistoczyło się w szarą pustynię, na której wznosiła się świątynia, a przed jej ogromnymi wierzejami tańczyły kobiety odziane w białe szaty. Brida i Mag przyglądali się im z wysokich wydm. Dziewczyna nie wiedziała, czy tańczące kobiety ich widzą.

Czuła obecność Maga u swego boku, chciała zapytać o znaczenie wizji, ale nie mogła wydobyć z siebie głosu. Zobaczył strach w jej oczach i wrócili do świetlistego kręgu pośród łanów pszenicy.

– Co to było? – zapytała.

– Mój podarunek dla ciebie, jedna z jedenastu sekretnych świątyń Tradycji Księżyca. To podarunek ofiarowany z miłości i wdzięczności za to, że jesteś, zrodzony z długiego oczekiwania na spotkanie z tobą.

– Zabierz mnie ze sobą – poprosiła. – Naucz mnie wędrować przez twój świat.

I odbyli podróż w czasie i w przestrzeni. Brida zobaczyła kwietne łąki, zwierzęta znane jej jedynie z książek, tajemnicze zamki i miasta, które zdawały się unosić na świetlistych chmurach. Całe niebo jaśniało, gdy Mag kreślił jej święte symbole Tradycji. W pewnej chwili zdawało się jej, że znaleźli się na jednym z biegunów Ziemi, bo wszystko wokół skute było lodem, ale nie była to nasza planeta. Osobliwe stworzenia, o długich palcach i dziwnych oczach, uwijały się przy ogromnym statku kosmicznym. Ilekroć chciała podzielić się z Magiem swoimi wrażeniami, wizje znikały i pojawiały się następne. Swą kobiecą duszą pojęła, że robi to dla niej – chce jej pokazać wszystko, czego nauczył się przez długie lata i tylko czekał, aby móc się z nią tym podzielić. Mógł się otworzyć przed nią bez lęku, bo był jej Drugą Połową. Mogła z nim przemierzać pola elizejskie, zamieszkałe przez błogosławione dusze i odwiedzane czasem przez żywiące się nadzieją dusze poszukujące oświecenia.

Nie potrafiła określić, ile minęło czasu, zanim znów znalazła się u boku świetlistego bytu wewnątrz nakreślonego przez siebie kręgu. Doświadczyła już przedtem miłości, ale aż do tej nocy miłość oznaczała też lęk. Ten strach był jak welon – mogła przezeń dojrzeć prawie wszystko, z wyjątkiem barw. Teraz, stojąc przed swoją Drugą Połową, odkryła, że nieodłączną towarzyszką miłości jest kolor, tysiące nakładających się na siebie tęcz.

„Tyle straciłam z obawy przed utratą", pomyślała.

Leżała pod świetlistym bytem ze świetlistym punktem nad lewym ramieniem, z promieniami rozchodzącymi się od pępka i czoła.

– Chciałam z tobą rozmawiać i nie udawało mi się – rzekła.

– To przez wino – odpowiedział.

Pub, wino i gniew były już tylko odległym wspomnieniem.

– Dziękuję za wizje.

– To nie wizje – odparł świetlisty byt. – Widziałaś mądrość Ziemi i innej odległej planety.

Nie chciała o tym mówić. Nie chciała lekcji. Chciała jedynie tego, czego przed chwilą doświadczyła.

– Ja też jestem świetlista?

– Tak samo jak ja. Ten sam kolor, to samo światło. I te same promienie energii.

Teraz kolor był złocisty, a promienie energii rozchodzące się od pępka i z czoła połyskiwały bladoniebiesko.

– Wydaje mi się, że przedtem zgubiliśmy się, a teraz zostaliśmy ocaleni – powiedziała.

– Jestem zmęczony. Musimy wracać. Też za dużo wypiłem.

Wiedziała, że tam gdzieś jest świat pełen pubów, pól i przystanków autobusowych. Ale nie chciała do niego wracać. Pragnęła zostać tu na zawsze. Usłyszała odległy głos, wypowiadający inwokacje. Światło wokół zaczęło blednąć, aż zupełnie zgasło. Ogromny księżyc na nowo pojawił się na niebie i rozświetlił pole. Byli nadzy, objęci. Nie czuli ani zimna, ani wstydu.

Poprosił, żeby dopełniła rozpoczętego przez siebie rytuału. Z jego pomocą wypowiedziała znane sobie magiczne formuły, a na koniec otworzyła krąg. Ubrali się i usiedli na ziemi.

– Chodźmy już – odezwała się po chwili. Wstali. Nie wiedziała, co powiedzieć, nie miała ochoty rozmawiać, on też nie. Wyznali już sobie miłość, a teraz, jak każda para w tych okolicznościach, nie potrafili spojrzeć sobie w oczy.

Mag pierwszy przerwał ciszę.

– Musisz wracać do Dublina. Zadzwonimy po taksówkę.

Nie wiedziała, czy poczuła rozczarowanie, czy ulgę.

Euforia mijała, za to zrobiło się jej niedobrze i rozbolała ją głowa. Wiedziała, że tej nocy nie ma już ochoty na żadne rozmowy.

– Dobrze – odpowiedziała.

Wrócili do wsi. Z budki telefonicznej wezwali taksówkę, a potem usiedli przy drodze, w oczekiwaniu na jej przyjazd.

– Dziękuję za tę noc – rzekła.

Nie odezwał się ani słowem.

— Nie wiem, czy Równonoc to święto wyłącznie dla czarownic, ale to dla mnie bardzo ważny dzień.

— Święto jak każde inne.

— Chciałabym cię zaprosić.

Uczynił gest, jakby chciał zmienić temat. Myślał pewnie o tym samym, co ona: jak trudno się rozstać z Drugą Połową, kiedy się ją wreszcie odnalazło. Wyobraziła go sobie, jak wraca sam do domu, zastanawiając się, kiedy ona znowu do niego wróci. Wróci, bo tak dyktuje jej serce. Ale samotność lasu jest trudniejsza do zniesienia niż samotność miast.

— Nie wiem, czy miłość zjawia się nagle — mówiła dalej — ale wiem, że chcę kochać. Jestem gotowa na miłość.

Nadjechała taksówka. Spojrzała na Maga raz jeszcze i poczuła, że odmłodniał o wiele lat.

— Ja też jestem gotów na miłość — tylko tyle powiedział.

Przez nieskazitelnie czyste okna do przestronnej kuchni wlewało się światło słoneczne.

– Dobrze spałaś, córeczko?

Mama postawiła na stole obok tostów kubek gorącej herbaty. Potem wróciła do kuchenki, na której w patelni skwierczały jajka na bekonie.

– Tak, mamo. Czy moja sukienka jest już gotowa? Będzie mi potrzebna na pojutrze.

Matka przyniosła jajka i usiadła. Czuła, że coś się dzieje z córką, ale nic nie mogła na to poradzić. Bardziej niż kiedykolwiek przedtem chciała z nią porozmawiać, lecz wiedziała, że i tak niewiele by wskórała. Tam gdzieś był nowy, całkiem jej obcy świat.

Martwiła się o nią, bo ją kochała, bo dziewczyna musiała sama torować sobie drogę w tym obcym świecie.

– Czy na pewno zdążysz uszyć sukienkę, mamo?

– Będzie gotowa przed obiadem – odpowiedziała. Brida ucieszyła się. Na szczęście pod pewnymi względami świat się nie zmienił. Matki nadal rozwiązują niektóre problemy swoich córek.

Wahała się przez chwilę, a potem zapytała.

– Co u Lorensa?

– W porządku. Przyjedzie dziś po mnie.

Poczuła ulgę, ale przemieszaną ze smutkiem. Kłopoty sercowe zawsze są bolesne, dlatego dziękowała Bogu, że jej córka nie musi się z nimi borykać. Z drugiej strony była to bodaj jedyna sprawa, w której mogłaby jej służyć radą, bo miłość niewiele się zmieniła na przestrzeni wieków.

Wyszły na krótki spacer po małym miasteczku, w którym Brida spędziła dzieciństwo. Domy stały wciąż te same, ludzie zajmowali się tym samym, co kiedyś. Spotkały kilka koleżanek szkolnych Bridy, które teraz pracowały w jedynym banku w miasteczku albo w sklepie papierniczym. Przywitały się i zamieniły kilka słów. Mówiły, że wydoroślała, zachwycały się jej urodą. O dziesiątej zaszły na herbatę do tej samej kawiarni, do której matka chodziła co sobotę, zanim poznała przyszłego męża. Wtedy jeszcze miała nadzieję, że pojawi się ktoś, kogo pokocha do szaleństwa i wreszcie dni przestaną być podobne jeden do drugiego.

Przyglądała się córce, opowiadając jej ostatnie nowinki z życia mieszkańców miasteczka i z zadowoleniem zauważyła, że Bridę wciąż to interesowało.

– Muszę dziś mieć tę sukienkę – powtórzyła Brida po raz kolejny.

Coś ją dręczyło, na pewno nie sukienka. Przecież wiedziała, że na matce może zawsze polegać.

Postanowiła zaryzykować: zadać pytanie, którego dzieci nie znoszą, bo uważają się za niezależnych, wolnych ludzi, zdolnych samodzielnie rozwiązywać własne problemy.

– Masz jakieś zmartwienia, córeczko?

– Czy kochałaś kiedyś dwóch mężczyzn jednocześnie, mamo? – jej słowa zabrzmiały jak wyzwanie, tak jakby tylko na nią świat zastawiał pułapki.

Matka powoli jadła ciastko. Spoglądała nieobecnym wzrokiem, jakby cofała się w na pół zapomnianą przeszłość.

– Tak. Kochałam.

Brida spojrzała na nią zaskoczona. Matka uśmiechnęła się i zaproponowała, żeby się jeszcze przeszły.

– Twój ojciec był moją pierwszą i największą miłością – powiedziała, gdy wyszły z kawiarni. – Jestem z nim wciąż szczęśliwa. Kiedy byłam sporo młodsza od ciebie, tak jak moje przyjaciółki wierzyłam, że tylko dla miłości warto żyć. Że jeśli komuś nie uda się spotkać swej wielkiej miłości, nie będzie człowiekiem spełnionym.

– Nie uciekaj od tematu, mamo – niecierpliwiła się Brida.

– Miałam też inne marzenia. Chciałam, tak jak ty, wyjechać do dużego miasta, poznawać świat. Przekonać rodziców mogłam tylko w jeden sposób: wybrać taki kierunek dalszej nauki, który wymagałby opuszczenia rodzinnych stron. Przez wiele bezsennych nocy rozmyślałam, co im powiem. Układałam sobie w głowie każde zdanie, wyobrażałam sobie ich odpowiedzi i moje argumenty.

Matka nigdy z nią nie rozmawiała w ten sposób. Brida słuchała z czułością i żalem. Mogły przecież przeżyć więcej takich wspólnych chwil, ale każda z nich przywiązana była do swego świata i swoich wartości.

– Dwa dni przed decydującą rozmową poznałam twego ojca. Spojrzałam mu w oczy i zobaczyłam w nich jakiś szczególny blask, jakbym spotkała kogoś, na kogo czekałam całe życie.

– Znam to, mamo.

– Gdy poznałam twojego ojca, zrozumiałam, że moje poszukiwania dobiegły końca. Nie potrzebowałam już innego wytłumaczenia dla świata, nie przygnębiało mnie już tutejsze życie, ci sami ludzie, te same codzienne obowiązki, te same sprawy. Każdy dzień stał się inny, a wszystko za sprawą naszej miłości. Zaczęłam się z nim spotykać, potem wzięliśmy ślub. Nigdy mu nie powiedziałam o swoich marzeniach o życiu w wielkim mieście, o poznawaniu nowych miejsc i innych ludzi, bo nagle cały świat zmieścił się w tym miasteczku. Miłość stała się wytłumaczeniem dla mojego życia.

– Mamo, mówiłaś o drugim człowieku.

– Chodź, chcę ci coś pokazać – powiedziała.

Stanęły u stóp schodów wiodących do jedynego kościoła katolickiego w miasteczku, kilkakrotnie niszczonego i odbudowywanego w ciągu wieków. Kiedyś Brida przychodziła tu co niedziela na mszę. Przypomniała sobie, z jakim trudem jako dziecko wdrapywała się po tych schodach na górę. Po obu stronach balustradę zdobiły posągi świętych – świętego Pawła po lewej stronie i świętego Jakuba Apostoła po prawej – oba zniszczone przez czas i turystów. Ziemia usłana była suchymi liśćmi, tak jakby miała nadejść jesień zamiast długo oczekiwanej wiosny.

Kościół stał na szczycie wzgórza, ukryty wśród drzew. Matka usiadła na stopniu schodów i skinęła na Bridę, żeby poszła w jej ślady.

– To zdarzyło się tutaj – rzekła. – Któregoś popołudnia, nie pamiętam już z jakiego powodu, przyszłam tu, żeby się pomodlić. Chciałam pobyć sama, zastanowić się nad swoim życiem i pomyślałam, że kościół to wymarzone do tego miejsce. Tu, gdzie ty teraz, siedział mężczyzna, a obok stały dwie walizki. Rozpaczliwie szukał czegoś w jakiejś książce, zdawał się zagubiony. Pomyślałam, że to turysta szukający hotelu. Podeszłam więc i zagadnęłam go. Trochę się speszył na początku, ale szybko się rozgadał. Powiedział, że wcale się nie zgubił, że jest archeologiem i jedzie na północ, gdzie odkryto jakieś ruiny. Tymczasem zepsuł mu się samochód. Mechanik już jest w drodze, a on korzysta ze sposobności, by zwiedzić kościół. Wypytał mnie o miasteczko, o okoliczne wioski i o zabytki. Nagle, jak za dotknięciem czarodziejskiej różdżki, wszystkie kłopoty tamtego popołudnia zniknęły. Poczułam się potrzebna. Zaczęłam mu opowiadać wszystko, co wiedziałam i zrozumiałam, że lata tu spędzone miały jakiś sens. Człowiek, który stał przede mną, studiował dzieje ludzkości i mógł w pamięci zachować dla następnych pokoleń wszystko to, co usłyszałam i odkryłam będąc małą dziewczynką. Ten mężczyzna na schodach uświadomił mi, jak jestem ważna dla świata i dla historii mojego kraju. Czułam się potrzebna, a to jedno z najmilszych uczuć danych człowiekowi. Gdy skończyłam opowiadać o kościele, zaczęliśmy rozmawiać o innych sprawach. Mówiłam, że jestem dumna ze swego miasteczka, a on przytoczył słowa jakiegoś pisarza, którego nazwiska nie pamiętam. To było coś jak: „Zrozum własną wieś, a zrozumiesz cały świat".

– Lew Tołstoj – podpowiedziała Brida.

Matka jakby nie słyszała. Podróżowała w czasie, tak jak kiedyś Brida. Niepotrzebne jej były katedry unoszące się w przestworzach, podziemne biblioteki, zakurzone księgi. Wystarczyło jej wspomnienie tamtego wiosennego popołudnia i mężczyzny z walizkami na schodach.

– Gadaliśmy o wszystkim i o niczym. Miałam wolne całe popołudnie, które mogłam z nim spędzić, ale lada chwila mógł nadjechać mechanik. Dlatego chciałam wykorzystać każdą sekundę. Pytałam go o jego świat, o wykopaliska, o wyzwanie, jakim jest życie w poszukiwaniu resztek przeszłości w teraźniejszości. On opowiadał mi o rycerzach, mędrcach i piratach, kiedyś zamieszkujących nasze ziemie. Zanim się spostrzegłam, słońce stało nad horyzontem. Nigdy wcześniej czas nie płynął mi tak szybko. Wydawało mi się, że i on tak czuje. Wciąż zasypywał mnie pytaniami, bylebym nie skończyła rozmowy i nie oświadczyła, że muszę już iść. Mówił bez przerwy, opowiadał o wszystkim, co przeżył i chciał wiedzieć wszystko o mnie. Po jego oczach widziałam, że pragnie mnie, mimo że byłam wtedy prawie dwa razy starsza od ciebie teraz. Była wiosna, powietrze pachniało świeżością, a ja czułam się znowu młoda. Tu w okolicy spotyka się roślinę, która zakwita jesienią. Tego wieczora czułam się jak ta roślina. Jakby nagle w jesieni mojego życia, gdy zdawało się, że wszystko już za mną, zjawił się ten mężczyzna, żeby mi uświadomić, że żadne uczucie, także miłość, nie starzeje się wraz z ciałem. Uczucia są częścią świata, którego nie znam, świata, w którym nie istnieje ani czas, ani przestrzeń, ani granice.

Przez chwilę milczała. Jej oczy były nieobecne, zapatrzone w tamtą wiosnę.

– Ja, trzydziestoośmioletnia nastolatka, znów stałam się obiektem pożądania. Nie chciał, żebym odeszła. Aż w pewnej chwili zamilkł. Spojrzał mi głęboko w oczy i uśmiechnął się. Tak jakby zrozumiał sercem, o czym myślę i jakby chciał mi powiedzieć, że naprawdę jestem dla niego bardzo ważna. Przez chwilę nic nie mówiliśmy, a potem pożegnaliśmy się. Mechanik ciągle nie nadjeżdżał.

Przez wiele dni zastanawiałam się, czy istniał naprawdę, a może był tylko aniołem zesłanym przez

Boga, by uchylić przede mną drzwi do tajemnic życia. W końcu doszłam do wniosku, że jednak był mężczyzną z krwi i kości, który mnie pokochał, choćby tylko na jedno popołudnie. I w owo popołudnie dał mi wszystko, co gromadził przez całe swoje życie: zmagania, rozterki, uniesienia, trudy i marzenia. Ja również dałam mu siebie bez reszty. Byłam jego towarzyszką, żoną, powierniczką, kochanką. Przez kilka godzin doświadczyłam wielkiej i głębokiej miłości.

Matka spojrzała na córkę. Miała nadzieję, że zrozumiała, ale w głębi duszy czuła, że Brida żyje w świecie, w którym nie ma miejsca na taką miłość. – Nigdy nie przestałam kochać twojego ojca, nawet przez jeden dzień – dodała. – Był zawsze u mego boku, dał mi, co mógł najlepszego i chcę zestarzeć się

u jego boku. Ale serce jest tajemnicą i nigdy nie zrozumiem tego, co się wtedy stało. Wiem jedynie, że dzięki temu spotkaniu bardziej uwierzyłam w siebie; uświadomiłam sobie, że jeszcze potrafię kochać i mogę być kochana. No i nauczyło mnie to czegoś, co zapamiętam na zawsze: że jeśli spotka cię coś ważnego w życiu, to nie oznacza, że musisz odrzucić wszystko inne. Czasami wspominam go. Zastanawiam się, gdzie jest, czy znalazł to, czego wtedy szukał, czy żyje, czy może Bóg zaopiekował się już jego duszą. Wiem, że nigdy nie wróci i tylko dlatego mogłam go kochać tak mocno. Bo wiem, że go nigdy nie utracę. Tamtego dnia oddał mi się całkowicie.

Matka wstała.

– Muszę wracać i kończyć sukienkę dla ciebie – powiedziała.

– Ja tu jeszcze chwilę zostanę – odpowiedziała Brida. Matka objęła ją i przytuliła do siebie.

– Dziękuję, że mnie wysłuchałaś. Nigdy przedtem nikomu o tym nie mówiłam. Bałam się zawsze, że zabiorę ze sobą do grobu tę tajemnicę i zniknie na zawsze z powierzchni Ziemi. Teraz ty ją przechowasz w moim imieniu dla moich wnuków.

Brida weszła po schodach i stanęła przed kościołem. Niewielka rotunda była dumą całego regionu, jedną z pierwszych świątyń chrześcijańskich na tych terenach. Przez cały rok zjeżdżały tu tłumy badaczy i turystów. Nic nie przetrwało z oryginalnej konstrukcji sięgającej V wieku, poza fragmentami posadzki, jednak po każdej kolejnej przebudowie pozostawała jakąś nietkniętą część, pozwalająca zwiedzającym prześledzić historię zmieniających się stylów architektonicznych.

Wewnątrz ktoś grał na organach. Przez chwilę przysłuchiwała się muzyce. W tym kościele wszystko było jasno wytłumaczone – Wszechświat znajdował się na właściwym miejscu i każdy, kto przekroczył próg świątyni, nie musiał się o nic kłopotać. Tu nie było mocy tajemnych, ani Ciemnych Nocy, podczas których trzeba ślepo wierzyć. Świat zapomniał o stosach, a wszystkie religie jakby sprzymierzyły się, żeby od nowa połączyć człowieka z Bogiem. W tym pokojowym współistnieniu jej kraj był ciągle wyjątkiem – na Północy ludzie wciąż zabijali się w imię wiary, ale kiedyś to się skończy. Bóg został niemal całkowicie objaśniony. Jest wspaniałomyślnym ojcem, a my wszyscy doczekamy zbawienia.

„Jestem czarownicą", powiedziała w duchu, walcząc z coraz silniejszą chęcią wejścia do środka. Teraz hołdowała innej Tradycji, i choć Bóg był wciąż ten sam, to przekraczając próg świątyni, czułaby, że profanuje to miejsce, a ono profanuje ją. Zapaliła papierosa i zapatrzyła się w linię horyzontu, starając się o tym nie myśleć. Przypomniała sobie matkę. Zapragnęła pobiec do domu, rzucić się jej na szyję i opowiedzieć o wszystkim: o inicjacji Wielkich Misteriów czarownic, która czeka ją za dwa dni, o podróżach w czasie, o sile seksu, którą poznała. Także o tym, że dzięki Tradycji Księżyca potrafi zgadnąć, jak wygląda wystawa sklepu. Potrzebowała czułości i zrozumienia, bo ona również miała w zanadrzu historie, których nie mogła nikomu opowiedzieć.

Organy zamilkły. Znów usłyszała odgłosy miasteczka, śpiew ptaków, a w konarach drzew szmer wiatru, zwiastujący nadejście wiosny. Na tyłach zakrystii otworzyły się i zamknęły drzwi – ktoś wyszedł. Przez chwilę zobaczyła siebie jako małą dziewczynkę. Stała tu gdzie teraz i niecierpliwiła się, bo msza się przedłużała, a przecież była niedziela, jedyny dzień, kiedy mogła wybiegać się do woli.

„Muszę wejść". Matka zrozumiałaby, co czuje, ale nie było jej przy niej. Przed nią stał pusty kościół. Nigdy nie spytała Wikki o rolę chrześcijaństwa w niechlubnych wydarzeniach sprzed wieków. Miała wrażenie, że przekroczenie progu świątyni byłoby zdradą sióstr spalonych na stosie.

„Zresztą mnie też spalono", rzekła do siebie. Przypomniała sobie modlitwę Wikki w dniu upamiętniającym męczeństwo czarownic. Była w niej mowa o Jezusie i Jego matce, Maryi. Miłość jest ponad wszystkim, nie zna nienawiści, jedynie pomyłki. Ludzie obwołali się namiestnikami Boga, i odtąd zaczęli popełniać błędy. Ale Bóg nie miał z tym nic wspólnego.

W środku nie było nikogo, gdy w końcu zdecydowała się wejść. Kilka zapalonych świeczek świadczyło o tym, że tego ranka ktoś zatroszczył się o odnowienie przymierza z potęgą, która była zaledwie przeczuciem, i w ten oto sposób przekroczył pomost łączący widzialne z niewidzialnym. Pożałowała swych wcześniejszych myśli: tu również nie wszystko jest jasne i proste, ludzie musieli postawić na coś nieznanego, zanurzyć się w Ciemnej Nocy Wiary. Przed nią, z ramionami rozpostartymi na krzyżu, był Bóg, który zdawał się być zanadto oczywisty i jednoznaczny.

Nie mógł jej przyjść z pomocą. Była sama ze swoimi decyzjami i nikt nie mógł jej pomóc. Musiała nauczyć się podejmować ryzyko. Nie było jej tak łatwo jak temu ukrzyżowanemu, który znał swoją misję, bo był synem Boga. Nigdy nie zbłądził. Nie znał miłości między ludźmi, tylko miłość do swego Ojca. Musiał jedynie dać wyraz swej mądrości i wskazać ludzkości drogę do nieba.

184

Ale czy tak było naprawdę? Przypomniała sobie pewną niedzielną lekcję katechezy. Tego dnia ksiądz opowiadał im o Jezusie, zlanym krwawym potem, który modli się w Ogrodzie Oliwnym i błaga Boga, by oddalił od niego kielich goryczy.

– Wiedział, że jest synem Bożym, czemu więc o to prosił? – zapytał ksiądz. – Bo wiedział jedynie sercem. Gdyby miał całkowitą pewność, jego misja nie miałaby sensu, bo nie stałby się w pełni człowiekiem. Być człowiekiem oznacza mieć wątpliwości i mimo to iść dalej swoją drogą.

Spojrzała znów na postać Chrystusa. Po raz pierwszy w życiu poczuła, że jest jej bliski. Oto człowiek samotny, wylękniony, stojąc w obliczu śmierci pyta: „Boże mój, Ojcze mój, czemuś mnie opuścił?". Skoro tak pytał, to chyba nie był pewien dokąd idzie. Postawił wszystko na jedną kartę, rzucił się w Ciemną Noc, jak my wszyscy, ze świadomością, że odpowiedź znajdzie dopiero u kresu swej wędrówki. On też przeżywał rozterki przed podjęciem decyzji, przed opuszczeniem ojca, matki, rodzinnego miasteczka, by udać się na poszukiwanie ludzkich i boskich tajemnic.

Skoro tyle przeszedł, to również musiał poznać smak miłości – Ewangelia nie wspomina o tym ani słowem – miłości między ludźmi po wielekroć trudniejszej do zrozumienia od miłości do Najwyższej Istoty. Przypomniała sobie, że gdy zmartwychwstał pierwszą osobą, jakiej się ukazał, była kobieta, która towarzyszyła Mu do końca.

Milcząca postać zdawała się z nią zgadzać. Nieobcy był mu smak wina, chleba, radość wspólnej biesiady, poznał ludzi i uroki świata. Niepodobna, by nie zaznał miłości kobiety. To dlatego zlewał się krwawym potem w Ogrodzie Oliwnym, bo kto poznał miłość jednej istoty ludzkiej, temu trudno opuścić ziemski padół i poświęcić się za miłość do ludzkości.

Skosztował wszystkiego, co oferuje świat, a mimo to kontynuował swą wędrówkę, wiedząc, że Ciemna Noc może zakończyć się na krzyżu lub na stosie.

– Wszyscy na tym świecie żyjemy narażeni na ryzyko Ciemnej Nocy, Panie. Lękam się śmierci, ale bardziej się boję zmarnować życie. Lękam się miłości, bo wiążą się z nią sprawy, które mi się wymykają; jej blask jest ogromny, ale jej cień mnie przeraża.

Uświadomiła sobie, że się modli. Milczący Bóg patrzył na nią i zdawał się rozumieć jej słowa i traktować je z powagą.

Przez jakiś czas czekała na Jego odpowiedź, ale nie usłyszała żadnego dźwięku, ani nie zauważyła żadnego znaku. Postać mężczyzny na krzyżu była odpowiedzią. On wypełnił swoją misję i ukazał światu, że jeśli każdy z nas też dopełni swojej, nikt już nie będzie musiał cierpieć. Bo On przyjął już na siebie cierpienie za wszystkich ludzi, którzy mają odwagę walczyć o swoje marzenia.

Brida rozpłakała się, ale sama nie wiedziała dlaczego.

Niebo było zachmurzone, ale nie zanosiło się na deszcz. Lorens od wielu lat mieszkał w tym mieście i znał się na wiszących nad nim chmurach. Wstał i poszedł do kuchni zaparzyć kawę. Brida zerwała się, nim woda zdążyła się zagotować.

– Wczoraj bardzo późno się położyłaś – stwierdził. Nic nie odpowiedziała.

– To dziś jest ten dzień – dorzucił. – Wiem, ile dla ciebie znaczy. Chciałbym być z tobą.

– To będzie wyjątkowa uroczystość – odparła Brida.

– Co chcesz przez to powiedzieć?

– To, że od kiedy się poznaliśmy, zawsze chodzimy razem na wszystkie uroczystości. Czuj się więc zaproszony.

Mag poszedł sprawdzić, czy deszcz nie zniszczył mu bromelii. Wyglądały pięknie. Uśmiechnął się do siebie, że czasami siły natury potrafią w końcu dojść do porozumienia.

Pomyślał o Wikce. Nie zobaczy świetlistych punktów, bo one są widzialne tylko dla obu Połówek, ale na pewno wyczuje energię światła przepływającego między nim a jej uczennicą. Czarownice są jednak nade wszystko kobietami.

Tradycja Księżyca nazywa to „Wizją Miłości". Choć może się to zdarzyć pomiędzy osobami zadurzonymi w sobie i nie mieć nic wspólnego z Drugą Połową, to jednak ta wizja, jak mu się wydawało, może zirytować Wikkę. Kobieca złość – złość macochy Królewny Śnieżki – nie dopuszcza myśli, że inna może być od niej piękniejsza.

Ale Wikka jest mistrzynią i szybko zrozumie absurdalność swego gniewu, choć zanim to się stanie, jej aura zdąży zmienić kolor.

Wtedy podejdzie do niej, pocałuje ją w policzek i szepnie: „Jesteś zazdrosna". Wikka zaprzeczy, a wówczas on zapyta o powód jej złości.

Odburknie, że nie musi się nikomu tłumaczyć z własnych uczuć. Pocałuje ją znowu, bo to prawda. I jej jeszcze wyzna, jak bardzo za nią tęsknił przez te wszystkie lata, gdy żyli z dala od siebie, i że nadal jest najbardziej godną podziwu kobietą na świecie, z wyjątkiem Bridy, bo Brida jest jego Drugą Połową.

Wikka będzie szczęśliwa. Bo jest mądra.

„Starzeję się, pomyślał, gadam sam ze sobą. Ale to nie z powodu wieku – zakochani zawsze zachowują się absurdalnie".

Wikka ucieszyła się, że deszcz ustał i że zanim zapadnie zmrok, wiatr zdąży rozwiać chmury. Natura musi współgrać z dziełami ludzkich stworzeń.

Przygotowania zostały zakończone, każdy wypełnił swoje zadania, wszystko było zapięte na ostatni guzik.

Podeszła do ołtarza i przywołała swego mistrza. Zaprosiła go na uroczystość, podczas której trzy nowe adeptki magii zostaną wtajemniczone w Wielkie Misteria. Na jej barkach spoczywała ogromna odpowiedzialność.

Poszła do kuchni zaparzyć kawę. Wycisnęła sok z pomarańczy, zjadła tosty i kilka dietetycznych ciasteczek. Nadal dbała o swój wygląd, wiedziała, że wciąż jest atrakcyjną kobietą. Po to, by udowodnić, że jest inteligentna i zdolna, nie musiała wyrzekać się urody.

W roztargnieniu mieszała kawę wspominając dzień taki jak ten, ale wiele lat temu, gdy mistrz przypieczętował jej los Wielkimi Misteriami. Starała się sobie przypomnieć, kim wtedy była, jakie miała marzenia, czego oczekiwała od życia.

– Chyba się starzeję. Ciągnie mnie do przeszłości – powiedziała na głos. Szybko wypiła kawę i zaczęła się przygotowywać. Zostało jeszcze sporo do zrobienia. Jednego była jednak pewna: wcale się nie starzała. W jej świecie czas nie istniał.

Brida patrzyła ze zdumieniem na sznur samochodów zaparkowanych wzdłuż drogi. Wiatr rozwiał ciężkie chmury poranka. Na jasnym niebie od zachodu bladły ostatnie promyki słońca. W powietrzu czuło się chłód, choć był to pierwszy dzień wiosny.

Wezwała opiekuńcze duchy lasu i spojrzała na Lorensa. Powtórzył jej słowa lekko zawstydzony, ale wydawał się zadowolony, że może jej towarzyszyć. Skoro chcą być razem, każde z nich od czasu do czasu musi zetknąć się z rzeczywistością drugiego. Między nimi też istniał pomost łączący widzialne z niewidzialnym. Magia była obecna we wszystkim, co robili.

Szli szybko przez las i wnet dotarli do polany. Brida wiedziała, czego się spodziewać. Na polanie stali w grupkach mężczyźni i kobiety w różnym wieku, z różnych środowisk. Rozmawiali jak na najzwyklejszym na świecie przyjęciu. Jednak wszyscy byli tak samo zakłopotani jak oni.

– Ci wszyscy ludzie też? – Lorens nie spodziewał się takiego tłumu.

Wyjaśniła, że większość, tak jak on, to goście. Nie wiedziała dokładnie, kto będzie uczestniczył w ceremonii, ale wszystko okaże się w stosownej chwili.

Wybrali miejsce na uboczu. Lorens położył na trawie plecak, w którym była sukienka Bridy i trzy butelki wina. Wikka poleciła, by każdy z uczestników i zaproszonych gości przyniósł po butelce. Zanim wyszli z domu, Lorens zapytał o trzeciego gościa, a Brida wyjaśniła, że to Mag, którego odwiedzała w górach. To mu wystarczyło i o nic więcej nie pytał.

– Wyobrażam sobie – usłyszał słowa kobiety stojącej nieopodal – miny moich znajomych, kiedy się dowiedzą, że tej nocy uczestniczyłam w prawdziwym sabacie.

Sabat czarownic. Tradycja, która przetrwała przelaną krew, stosy, Wiek Rozumu i zapomnienie. Lorens starał się zachowywać jak gdyby nigdy nic. Pocieszał się, że takich jak on jest tu wielu. Na widok sterty suchych gałęzi na środku polany po plecach przebiegł mu dreszcz.

Wikka z kimś rozmawiała, ale dostrzegłszy Bridę podeszła do niej, przywitała się i spytała o samopoczucie. Dziewczyna podziękowała i przedstawiła jej Lorensa.

– Zaprosiłam jeszcze jednego gościa – powiedziała.

Wikka spojrzała na nią, zaskoczona, ale zaraz potem uśmiechnęła się od ucha do ucha. Brida nie miała wątpliwości, że odgadła, o kogo chodzi.

– Cieszę się – odpowiedziała. – To również jego święto. Od wieków go nie widziałam. Może przez ten czas zdążył się czegoś nauczyć.

Przybywało coraz więcej ludzi. Brida nie wiedziała, kto jest uczestnikiem, a kto gościem. Pół godziny później, gdy na polanie zebrała się prawie setka osób, Wikka poprosiła o ciszę.

– To obrzęd, ale i święto – powiedziała. – A cóż to za święto, które nie zaczyna się od napełnienia kieliszków.

Otworzyła butelkę i wlała wino do kieliszka najbliższego sąsiada. Na ten sygnał butelki poszły
w ruch, rozmowy stały się głośniejsze. Brida nie miała ochoty na wino. Wciąż jeszcze świeża była pamięć
o pszenicznych łanach i mężczyźnie, ukazującym jej
tajemnicze świątynie Tradycji Księżyca. Poza tym
gość, na którego czekała, jeszcze nie przybył.

Za to Lorens poczuł się całkiem swobodnie i zaczął zagadywać sąsiadów. Spodziewał się zobaczyć
rzeczy niesamowite, a tymczasem okazało się, że to
zwyczajna zabawa i to dużo ciekawsza od bankietów
z udziałem jego uniwersyteckich kolegów.

Trochę na uboczu dostrzegł mężczyznę z siwą bro-
dą. Rozpoznał w nim jednego z profesorów ze swego
wydziału. Przez chwilę nie wiedział, co robić, ale pro-
fesor też go zauważył i uniósł kieliszek na powitanie.

Lorens odetchnął z ulgą. Skończyły się czasy polowań na czarownice i ich sympatyków.

– To wygląda jak piknik – usłyszała Brida. Tak,
wyglądało jak piknik, i to ją drażniło. Oczekiwała jakiejś uroczystej, wzniosłej ceremonii, podobnej
do sabatów czarownic, które natchnęły Goyę, Saint-
-Saënsa, Picassa. Chwyciła butelkę i też zaczęła pić.

Zabawa. Przekraczanie pomostu łączącego widzialne z niewidzialnym w zabawie. Czy w takiej wy-
zutej z wszelkich cech obrzędowości atmosferze
możliwe jest przeżycie o wymiarze duchowym?

Szybko zapadła noc, wino lało się strumieniami.
Kiedy wokół zapanowała ciemność, któryś z mężczyzn bez ceregieli podpalił stos. Dawno, dawno temu też tak było – zanim ogień zaczęto utożsamiać
z potężnym żywiołem magicznym, był on jedynie
źródłem światła i ciepła. Wokół niego zbierały się kobiety, żeby rozmawiać o swoich mężczyznach, o nie-
samowitych wydarzeniach, o spotkaniach z *sukubu-*

sami i *inkubusami* – przerażającymi średniowieczny-
mi demonami seksu. Dawniej też tak było – zabawa,
wielki ludowy festyn, radosne świętowanie wiosny
i nadziei na odrodzenie – w epoce, gdy bawić się
oznaczało rzucać wyzwanie Prawu, które zakazywa-
ło wszelkich uciech, by nie kusić słabych. Zamknięci
w swych mrocznych zamczyskach wielmoże przyglądali się ogniskom i czuli się tak, jakby ktoś ich
okradł: plebs chce poznać, co to szczęście, a kto raz
je pozna, nie zechce godzić się ze smutkiem, zacznie
się buntować, albo co gorsza, zamarzy mu się szczęście przez okrągły rok, a wtedy system polityczny
i religijny legnie w gruzach.

Cztery czy pięć podpitych osób puściło się w tany wokół ogniska, może w przekonaniu, że tak właśnie trzeba podczas sabatu czarownic. Pośród tańczących Brida dostrzegła jedną z wtajemniczonych, którą poznała w dniu upamiętniającym męczeństwo spalonych na stosie sióstr. Była zaszokowana, że ludzie Tradycji Księżyca zachowują się tak niepoważnie w świętym miejscu.

– Moi znajomi pękną z zazdrości – usłyszała.

– Nigdy mi nie uwierzą.

Tego było za wiele. Potrzebowała chwili samotności, by zebrać myśli, wyciszyć się, bo nagle zapragnęła uciec stąd, wrócić do domu, zanim się rozczaruje wszystkim, czemu się poświęciła przez niemal cały rok. Poszukała wzrokiem Wikki – śmiała się i bawiła z innymi gośćmi. Coraz więcej osób dołączało do tańczących wokół ogniska, jedni klaskali w dłonie i śpiewali, inni walili patykami w puste butelki po winie.

– Muszę się przejść – szepnęła do Lorensa.

Stał otoczony wianuszkiem ludzi zafascynowanych jego opowieściami o konstelacjach gwiazd i cudach współczesnej fizyki.

– Chcesz, żebym poszedł z tobą? – zapytał.

– Wolę być sama.

Oddaliła się od tłumu. Zgiełk wokół ogniska robił się nie do zniesienia. Pijacki rechot, głupawe komentarze, zabawa w czary, wszystko mieszało się jej w głowie. Tak długo czekała na tę noc, a tymczasem wszystko przypomina raczej bale na cele dobroczynne, podczas których uczestnicy jedzą, piją bez umiaru, opowiadają dowcipy, a potem wygłaszają podniosłe mowy o pomocy Indianom na kontynencie południowoamerykańskim lub ochronie fok na biegunie północnym.

Szła przez las, nie tracąc z oczu ogniska. Wspięła się ścieżką, ale nawet z góry scena wokół ogniska wyglądała żałośnie: Wikka krążyła między grupkami gości, żeby się upewnić, czy wszyscy dobrze się bawią, ludzie pląsali wokół ognia, jakieś pary wymieniały pierwsze pijackie pocałunki. Lorens z ożywieniem rozprawiał z dwójką mężczyzn, pewnie opowiadał o czymś, co nadawało się doskonale na wieczór w pubie, ale nie na uroczystość taką jak ta. Jakaś postać weszła na polanę, pewnie spóźniony gość albo ktoś, kto zwabiony hałasem liczył na dobrą zabawę. Jego chód był jej dziwnie znajomy.

To był Mag.

Brida puściła się pędem w jego kierunku. Musiała go spotkać, zanim dotrze na miejsce. Potrzebowała jego pomocy, jak tyle razy wcześniej, bo chciała zrozumieć sens tej maskarady.

„Wikka zna się na rzeczy", pomyślał wchodząc na polanę. Widział i czuł energię zgromadzonych tu osób. W tej fazie rytuału sabat przypominał każdą inną zabawę; chodziło o to, by wszyscy zaproszeni nadawali na tych samych falach. Podczas jego pierwszego sabatu podobny widok go oburzył. Pamiętał, że odciągnął na bok swego mistrza, żeby się wyżalić.

– Byłeś kiedyś na zabawie? – spytał mistrz, zły, bo przerwano mu ciekawą rozmowę.

Mag przytaknął.

– Kiedy zabawa jest udana?

– Gdy wszyscy się bawią.

– Ludzie się bawili już w czasach, kiedy zamieszkiwali jaskinie – odparł mistrz. – To były pierwsze zbiorowe rytuały, o których nam wiadomo, a zadaniem Tradycji Słońca jest ich zachowanie. Dobra zabawa oczyszcza umysły wszystkich uczestników, ale to trudna sprawa, bo wystarczy parę osób, żeby popsuć nastrój. Tych parę osób uważa się za lepszych od innych i trudno je zadowolić. Sądzą, że tracą czas, a w rzeczywistości nie potrafią obcować z innymi. Aż w końcu dosięga ich tajemnicza forma sprawiedliwości – stają się larwami astralnymi mizantropów.

– Pamiętaj – zakończył – pierwszą drogą do Boga jest modlitwa. Drugą jest radość.

Upłynęło wiele lat od tej rozmowy z mistrzem. Uczestniczył potem w wielu sabatach, stąd wiedział, że to, co ma przed oczami, było zręcznie zaaranżowaną rytualną zabawą. Poziom zbiorowej energii rósł z każdą chwilą.

Poszukał wzrokiem Bridy. Ludzi było dużo, a on odwykł do tłumów. Wiedział, że musi się włączyć w tą zbiorową energię i chciał tego, ale musiał się wpierw z tym oswoić. W tym pomóc mu mogła Brida. Czułby się lepiej, gdyby ją znalazł.

Był Magiem. Wystarczyło zmienić stan świadomości, a świetlisty punkt pojawiłby się wśród zgromadzonych. Szukał tego punktu latami, a teraz dzieliło go od niego zaledwie kilkadziesiąt metrów.

Zmienił swoją percepcję i znów spojrzał na bawiących się. Widział aury w najróżniejszych kolorach, ale wszystkie zbliżały się do odcienia, jaki powinien dominować tej nocy.

„Wikka jest wielką mistrzynią, wszystko idzie po jej myśli", pomyślał. Wkrótce wszystkie aury, ta wibrująca energia wokół ciał fizycznych osób, zestroją się w jedno, a wtedy rozpocznie się druga część rytuału.

Powiódł wzrokiem od lewej do prawej, aż odnalazł świetlisty punkt. Zbliżył się bezszelestnie, żeby zrobić jej niespodziankę.

– Brida – zaczął.

Jego Druga Połowa odwróciła się.

– Jest tu gdzieś niedaleko. Poszła się przejść – odpowiedział mu uprzejmie młody człowiek.

Przez chwilę, która zdawała się wiecznością, przyglądał się stojącemu przed nim mężczyźnie.

– Pan pewnie jest Magiem. Brida mi tyle o panu opowiadała – rzekł Lorens. – Proszę przyłączyć się do nas. Ona zaraz tu będzie.

Właśnie wróciła. Stała przed nimi bez tchu, z oczami szeroko rozwartymi.

Mag poczuł, że ktoś mu się bacznie przygląda z drugiej strony ogniska. Znał to spojrzenie, zamierzchłe i głębokie, spojrzenie, które zna Tradycję Księżyca i serca kobiet i mężczyzn.

Mag odwrócił się i zobaczył Wikkę. Uśmiechnęła się. W ułamku sekundy wszystko stało się dla niej jasne.

Brida też wpatrywała się w Maga. Była uszczęśliwiona. Wreszcie jest.

– Chciałabym, żeby poznał pan Lorensa – powiedziała. Nie wadziły jej już tańce i wrzawa. Nie potrzebowała już żadnych wyjaśnień.

Mag wciąż był w tym innym stanie świadomości. Widział, jak kolor aury Bridy gwałtownie zmienia barwę, upodobniając się do tonacji wybranej przez Wikkę. Ucieszyła się z jego przybycia i cokolwiek by powiedział lub zrobił, mogło na dobre zniweczyć jej inicjację tej nocy. Musiał za wszelką cenę zapanować nad sobą.

– Bardzo mi miło – rzekł do Lorensa. – Czy nie zaproponowałby mi pan kieliszka wina?

– Witamy w naszym gronie – Lorens z uśmiechem wyciągnął w jego stronę butelkę.

Wikka odwróciła wzrok i odetchnęła z ulgą. Brida niczego nie zauważyła. Była dobrą uczennicą, szkoda byłoby odsuwać ją od rytuału inicjacji tylko dlatego, że nie potrafi zrobić najprostszego kroku i nie dzieli radości z innymi.

„Mag poradzi sobie sam. Lata pracy i dyscypliny pozwolą mu zapanować nad swoim uczuciem, przynajmniej na tyle długo, żeby w jego miejsce pojawiły się inne". Szanowała go za jego wysiłki i upór, a jednocześnie jego niezwykła siła budziła w niej lęk.

Zamieniła kilka słów z gośćmi, ale nie mogła zapomnieć o tym, czego dopiero co była świadkiem. A więc to dlatego tyle czasu poświęcił Bridzie, która w końcu, jak każda inna czarownica, poprzez kolejne wcielenia zgłębia Tradycję Księżyca.

Brida była jego Drugą Połową.

„Mój kobiecy instynkt chyba szwankuje", pomyślała. Wyobrażała sobie wszystko, tylko nie to najbardziej oczywiste. Pocieszyła ją myśl, że przynajmniej skutki jej ciekawości okazały się pozytywne: taką drogę wybrał Bóg, żeby mogła na nowo odnaleźć swoją uczennicę.

Wśród tłumu Mag dostrzegł znajomego. Przeprosił swych rozmówców i ruszył w jego stronę. Brida była w euforii. Dobrze jej było w jego towarzystwie, ale pozwoliła mu odejść. Kobiecy instynkt podpowiadał jej, że Mag i Lorens nie powinni przebywać zbyt długo razem. Mogli się zaprzyjaźnić, a gdy dwóch zaprzyjaźnionych mężczyzn kocha tę samą kobietę, lepiej już, żeby się nienawidzili, bo inaczej straci obydwu.

Popatrzyła na ludzi wokół ogniska i też nabrała ochoty, żeby zatańczyć. Poprosiła Lorensa, żeby jej towarzyszył. Ten przez chwilę zawahał się, ale w końcu zdobył się na odwagę. Ludzie wirowali wokół ogniska, klaskali, pili wino, walili patykami w puste butelki. Ilekroć mijała Maga, posyłał jej uśmiech i wznosił toast. Był to jeden z najpiękniejszych dni jej życia.

Wikka dołączyła do tańczących. Wszyscy bawili się znakomicie. Goście, wcześniej zaniepokojeni tym, co ich tu spotka, przerażeni tym, co tu zobaczą, teraz poddali się całkowicie nastrojowi tej nocy. Nadeszła wiosna, trzeba to uczcić, napełnić duszę wiarą w dni pełne słońca, jak najszybciej zapomnieć o szarych popołudniach i samotnych wieczorach spędzanych w domu.

Klaskanie przybierało na sile. Rytm nadawała mu Wikka. Oczy wszystkich wpatrzone były w ogień. Nikt nie czuł zimna, jakby nadeszło już lato. Ci najbliżej ogniska pozdejmowali swetry i kurtki.
– Zaśpiewajmy! – zawołała Wikka. Powtórzyła kilka razy dwie zwrotki prostej piosenki, i wkrótce wszyscy już śpiewali razem z nią. Zaledwie kilka osób wiedziało, że była to mantra czarownic, w której liczyło się brzmienie słów, a nie ich sens – dźwięk zespolenia wszystkich Darów. Ci, którzy jak Mag i inni obecni mistrzowie zostali obdarzeni magicznym postrzeganiem, ujrzeli świetliste promienie łączące różne osoby.

Lorens zmęczył się tańcem i poszedł z butelkami do „muzyków". Tancerze zaczęli opuszczać krąg wokół ogniska, jedni bo również byli zmęczeni, inni na prośbę Wikki, by wesprzeć „sekcję rytmiczną". Tylko Wtajemniczeni wiedzieli, że zabawa wkracza w tę najważniejszą fazę. Wokół ogniska zostały tylko kobiety Tradycji Księżyca i adeptki magii, które miały dostąpić inicjacji.

Mężczyźni, którzy byli uczniami Wikki, też przestali tańczyć – dla nich dzień inicjacji, według innego rytuału, jeszcze nie nadszedł. Teraz w przestrzeni astralnej nad ogniskiem unosiła się energia kobieca, energia przemiany. Tak było od najdawniejszych czasów.

Bridzie zrobiło się gorąco. Nie za sprawą wina, bo wypiła niewiele. Z pewnością od płomieni ogniska. Miała ochotę zdjąć bluzkę, ale się wstydziła, lecz w miarę jak śpiewała prostą melodię, klaskała i kręciła się wokół ognia, wstyd mijał. Wpatrywała się w płomienie i świat zdawał się coraz mniej ważny. Podobnie się czuła, kiedy karty tarota po raz pierwszy odkryły przed nią swoją historię.

„Wchodzę w trans, pomyślała. No i co z tego? Jest wspaniale!".

„Dziwna muzyka", pomyślał Lorens, wybijając rytm na butelkach. Jego uszy nawykłe do wsłuchiwania się we własne ciało, odkryły, że rytm klaśnięć i dźwięk słów wibruje w jego wnętrzu dokładnie tak samo jak wtedy, gdy słucha bębnów podczas koncertu muzyki klasycznej. O dziwo, ten rytm narzucał tempo uderzeniom jego serca.

W miarę jak Wikka przyśpieszała, przyśpieszało również jego serce. To samo działo się pewnie ze wszystkimi.

„Więcej krwi napływa mi do mózgu", tłumaczył sobie naukowo. Ale przecież sabat czarownic to nie było najwłaściwsze miejsce na takie rozważania, zamierzał później podzielić się swymi obserwacjami z Bridą.

– To zabawa, chcę się dobrze bawić! – powiedział na głos. Ktoś obok niego powtórzył jego słowa, a klaśnięcia Wikki stały się jeszcze szybsze.

„Jestem wolna. Jestem dumna ze swego ciała, bo ono jest przejawem Boga w widzialnym świecie". Żar bijący od ogniska stawał się nieznośny. Świat wydawał się odległy, a ona nie chciała dłużej przejmować się tym, co powierzchowne. Żyła, krew w niej krążyła, duszą i ciałem oddała się swym poszukiwaniom. Taniec wokół ogniska nie był dla niej niczym nowym. Jego rytm budził uśpione wspomnienia z epok, gdy była mistrzynią Mądrości Czasu. Nie czuła się samotna, bo zabawa na polanie stała się ponownym spotkaniem z sobą samą i z Tradycją, której hołdowała przez wiele wcieleń. Poczuła głęboki szacunek dla siebie.

Teraz znowu miała ciało, ciało piękne, które przez tysiące lat walczyło o przetrwanie w nieprzyjaznym świecie. Zamieszkiwało morza, pełzało po ziemi, wspinało się po drzewach, poruszało się na czterech kończynach, a teraz dumnie stąpało na dwóch nogach. Temu ciału należał się szacunek za jego długotrwałe zmagania. Nie ma ciał pięknych ani brzydkich, bo wszystkie przebyły tę samą drogę i są odzwierciedleniem duszy, która je zamieszkuje.

Była dumna, prawdziwie dumna ze swego ciała. Zdjęła bluzkę.

Nie nosiła stanika, ale się nie przejmowała. Była dumna ze swojego ciała i nikt nie miał prawa jej za to potępić. Nawet gdy będzie miała siedemdziesiąt lat, nadal będzie dumna, bo za sprawą ciała dusza realizuje swoje dzieła.

Inne kobiety wokół ogniska poszły w jej ślady, ale to też nie miało znaczenia.

Rozpięła pasek, zdjęła spodnie i stanęła całkiem naga. Czuła się wolna, jak nigdy przedtem. Za tym, co zrobiła, nic się nie kryło. Rozebrała się, bo tylko przez nagość mogła pokazać, jak wolną jest jej dusza. Nieważne, że widzą ją inni, ubrani ludzie. Chciała jedynie, by czuli swe ciała tak, jak ona czuła swoje. Mogła tańczyć i nic nie krępowało jej ruchów. Każda komórka jej ciała dotykała powietrza, a powietrze było hojne, przynosiło z dala tajemnice i wonie, by owiewały ją od głowy aż po stopy.

Zebrani jakby dopiero teraz zauważyli, że tańczące wokół ogniska kobiety są nagie. Klaskały, trzymały się za ręce, śpiewały raz z cicha, to znów na cały głos, jak szalone. Nikt nie wiedział, co nadaje rytm – uderzenia w butelki, czy klaśnięcia w dłonie, czy może melodia pieśni. Wszyscy byli świadomi tego, co się wokół dzieje, lecz gdyby ktoś poważył się wyłamać z rytmu, i tak by nie zdołał. Teraz chodziło o to, żeby nie dopuścić, by tańczące zdały sobie sprawę, że są w transie. Musiały wierzyć, że panują nad sobą, choć wcale tak nie było. Wikce nawet przez myśl nie przeszło, by złamać jedyne prawo, którego pogwałcenie według Tradycji groziło szczególnie srogą karą. Tym prawem był absolutny zakaz manipulowania wolną wolą. Wszyscy zgromadzeni wiedzieli, że są uczestnikami sabatu czarownic, a dla czarownic życie jest zespoleniem się z Wszechświatem.

Później, gdy ta noc stanie się zaledwie wspomnieniem, nikt nie będzie opowiadał o tym, co zobaczył. Choć nie obowiązywał ich żaden zakaz, wszyscy czuli obecność potężnej siły, siły tajemnej i świętej, wielkiej i nieubłaganej, której żaden śmiertelnik nie ośmieliłby się rzucić wyzwania.

– Odwróćcie się! – zawołała Wikka ubrana w długą do stóp czarną szatę. Wszystkie zawirowały.

Jakiś mężczyzna położył obok niej stertę sukni. Trzy z nich miały być założone po raz pierwszy. Dwie wyglądały bardzo podobnie – należały do kobiet posiadających ten sam Dar, który przybrał fizyczną formę w fasonie szaty wyśnionej przez ich właścicielki.

Nie musiała dłużej klaskać w dłonie, bo wszyscy poruszali się tak, jakby nadal słychać było jej klaskanie. Uklękła i przycisnęła kciuki do czoła, żeby wyzwolić Moc Tradycji Księżyca. To moc niezwykle niebezpieczna, którą czarownica potrafi przywołać dopiero wtedy, gdy stanie się mistrzynią. Wikka wiedziała, jak ją okiełznać, mimo to poprosiła swego mistrza o ochronę.

W tej sile zawarta była Mądrość Czasu. Był w niej Wąż, mądry i władczy. Tylko Dziewica, depcząc go piętą, potrafiła go ujarzmić. Dlatego Wikka zanosiła również modły do Dziewicy Maryi. Błagała o czystość duszy, pewność dłoni i opiekę, by zdołała przelać tę Moc na owe kobiety, i sprawiła, że oprą się jej pokusom.

Z twarzą zwróconą ku niebu, głosem pewnym i silnym wyrecytowała słowa Pawła Apostoła:

Jeżeli ktoś zniszczy świątynię Boga, tego zniszczy Bóg. Świątynia Boga jest święta, a wy nią jesteście. Niechaj się nikt nie łudzi! Jeśli ktoś spośród was mniema, że jest mądry na tym świecie, niech się stanie głupim, by posiadł mądrość. Mądrość bowiem tego świata jest głupstwem u Boga. Zresztą jest napisane: „Wie Pan, że próżne są zamysły mędrców". Niech się przeto nie chełpi nikt z powodu ludzi! Wszystko bowiem jest wasze.

Na jej jeden gest klaszczące dłonie i ręce wybijające rytm na butelkach przycichły, a kobiety wirowały w tańcu coraz wolniej. Sprawowała kontrolę nad Mocą. Cała orkiestra musiała grać unisono, od gromkich trąb po rzewne skrzypce. Do tego potrzebne było współdziałanie Mocy, ale nie mogła pozwolić jej nad sobą zawładnąć. Klasnęła w dłonie i rzuciła kilka słów. Powoli zamilkły muzyka i śpiew. Podeszły czarownice, każda wzięła swoją szatę. Tylko trzy kobiety pozostały nagie. Mijała godzina i dwadzieścia minut bezustannego, jednostajnego zgiełku. Stan świadomości obecnych uległ przemianie, choć z wyjątkiem trzech nagich kobiet wszyscy wiedzieli dokładnie, gdzie są i co robią.

Trzy nagie kobiety wciąż trwały w transie. Wikka wyciągnęła przed siebie swój święty sztylet i skierowała ku nim całą skupioną w nim energię.

Ich Dary miały za chwilę się objawić. Odtąd będą służyć światu, bo przebyły długą, krętą drogę pełną pułapek. Świat poddawał je najrozmaitszym próbom i wszystkie trzy wyszły z nich zwycięsko. W codziennym życiu nadal będą miały swoje słabości, smutki i tęsknoty, nadal będą czasami dobre, a czasem okrutne. Nadal będzie je czekać agonia i ekstaza, jak wszystkich ludzi, żyjących w świecie podlegającym stałym przemianom. Ale we właściwym czasie pojmą, że każda ludzka istota kryje w sobie coś o wiele ważniejszego od niej samej: swój szczególny Dar. Bowiem w dłonie każdego Bóg złożył Dar – narzędzie, którym posługuje się, aby się objawić światu i przyjść ludzkości z pomocą. Bóg wybrał sobie istotę ludzką jako Swoje ramię na Ziemi.

Jedni uświadamiają sobie własny Dar dzięki Tradycji Słońca, inni poprzez Tradycję Księżyca. Jednak wszyscy w końcu odkrywają, czym jest ten Dar, nawet jeśli muszą próbować przez wiele wcieleń.

Wikka stanęła przed wielkim kamieniem przytoczonym tu przez celtyckich kapłanów. Czarownice w czarnych szatach ustawiły się wokół niej półkolem. Spojrzała na trzy nagie kobiety. Ich oczy błyszczały.

– Podejdźcie tutaj.

Kobiety przeszły do środka półkola, a potem na rozkaz Wikki położyły się na ziemi z rozpostartymi ramionami.

Mag nie spuszczał z oka Bridy. Starał się skoncentrować jedynie na jej aurze, ale był przecież mężczyzną, a który mężczyzna oprze się widokowi nagiego kobiecego ciała.

Nie chciał pamiętać. Nie chciał wiedzieć, czy cierpi czy nie. Miał jedynie świadomość, że jego misja wobec Drugiej Połowy została wypełniona.

„Szkoda, że byłem z nią tak krótko". Ale nie wolno mu było tak myśleć. Gdzieś w odległym czasie byli jednym ciałem, znosili ten sam ból i radowali się tym samym szczęściem. Może spacerowali po lesie podobnym do tego, spoglądali nocą w niebo i widzieli te same gwiazdy. Uśmiechnął się na wspomnienie swego mistrza, który kazał mu w lesie spędzać długie godziny po to, by był w stanie pojąć sens swego spotkania z Drugą Połową.

Tak to już jest z Tradycją Słońca: każdy uczy się tego, co mu potrzebne, a nie jedynie tego, na co ma ochotę. Serce mężczyzny jeszcze długo będzie zranione, ale serce Maga już teraz się raduje, wdzięczne lasowi za lekcje życia.

Wikka spojrzała na trzy kobiety leżące u jej stóp i podziękowała Bogu za to, że wykonuje swoje dzieło już przez tyle wcieleń. Tradycja Księżyca jest niewyczerpana. Polanę w lesie poświęcili celtyccy kapłani w czasach dawno już zapomnianych, a z ich rytuałów niewiele pozostało, może tylko ten kamień. Jest tak ogromny, że ludzkie ręce nie byłyby w stanie go przenieść, od tego Starożytni mieli magię. Budowali przecież piramidy, obserwatoria astronomiczne, miasta wysoko w Andach, a posługiwali się jedynie siłami znanymi Tradycji Księżyca. Dziś ta wiedza nie jest już człowiekowi potrzebna. Została wymazana w Czasie, aby nie obróciła się w źródło zniszczenia. Mimo to ze zwykłej ciekawości Wikka chciałaby wiedzieć, jak tego dokonali.

W pobliżu polany zauważyła kilka duchów celtyckich, więc je pozdrowiła. Byli to mistrzowie, którzy nie przechodzili już reinkarnacji. Stanowili teraz część tajemnych władz Ziemi, a bez nich, bez ich mądrości na Ziemi zapanowałby chaos. Mistrzowie celtyccy unosili się ponad drzewami, ich ciała astralne spowijało silne białe światło. Od wieków przybywali tu podczas Równonocy, by sprawdzić, czy Tradycja przetrwała. „Tak, mówiła Wikka z dumą, obchodzimy święto Równonocy, choć cała kultura celtycka zniknęła z kart oficjalnej historii świata. Bo nikt nie zdoła wymazać Tradycji Księżyca, może tego dokonać jedynie Ręka Boga".

Przez jakiś czas przyglądała się kapłanom. Ciekawe, co myślą o współczesnych ludziach. Czy tęsknią do czasów, gdy odwiedzali to miejsce, a spotkanie z Bogiem zdawało się prostsze i bardziej bezpośrednie? Wikka sądziła, że nie. Ogród Boga rodzi się z ludzkich uczuć, a po to, żeby powstał, ludzie muszą żyć długo w różnych czasach, hołdując różnym obyczajom. Tak jak i cały Wszechświat, człowiek podąża swoją własną drogą ewolucji, każdego dnia staje się lepszy niż był wczoraj, nawet jeśli zapomina nauk dnia poprzedniego, nawet jeśli uskarża się na niesprawiedliwość losu.

Bo Królestwo Niebieskie podobne jest do ziarna, które człowiek zasiewa w polu. Podczas gdy on śpi i budzi się, ziarno rośnie dniem i nocą, choć on o tym nie wie. Te lekcje zostały zapisane w Duszy Świata i służą całej ludzkości. Dobrze, że są wciąż ludzie, tacy jak ci, którzy dziś się tu zebrali, którym nie straszna jest Ciemna Noc Duszy, jak ją nazywał stary mędrzec, święty Jan od Krzyża. Każdy krok, każdy akt wiary, odkupuje na nowo cały ludzki ród. Dopóki żyć będą ludzie świadomi, że w oczach Boga cała mądrość człowiecza jest szaleństwem, dopóty świat zmierzać będzie ku światłu.

Była dumna ze swoich uczniów, gotowych poświęcić wygodę już oswojonego świata dla wyzwania, jakim jest odkrywanie nowego.

Znów spojrzała na trzy nagie kobiety leżące na ziemi z rozpostartymi ramionami i spróbowała odziać je w barwy aury, jakimi emanowały. Wędrowały teraz przez Czas i spotykały się ze swymi dawno utraconymi Drugimi Połowami. Od tej chwili te kobiety podejmą się misji, która na nie czekała od narodzin. Jedna z nich miała ponad sześćdziesiąt lat, ale wiek był tu bez znaczenia. Liczy się tylko to, że w końcu stanęły twarzą w twarz z przeznaczeniem, które cierpliwie na nie czekało, i odtąd miały używać Daru, by chronić przed zniszczeniem kwiaty w ogrodzie Boga. Każda z nich zmierzała do celu z różnych powodów – miłosnego zawodu, zmęczenia codziennością, czy w poszukiwaniu władzy nad światem. Stawiły czoła lękom, lenistwu i wielu rozczarowaniom towarzyszącym tym, którzy wybrali drogę magii. Ale jest faktem, że do celu dotarły, bo Ręka Boga zawsze prowadzi tych, którzy z wiarą podążają swą drogą.

„Wspaniała jest Tradycja Księżyca, jej mistrzowie i rytuały. Ale istnieje również inna Tradycja", pomyślał Mag. Nie odrywał oczu od Bridy i trochę zazdrościł Wikce, że jeszcze długo będzie przy niej. Ta druga tradycja jest o wiele trudniejsza, bo prostsza, a sprawy proste zawsze zdają się skomplikowane. Jej mistrzowie żyją na świecie i nie zawsze zdają sobie sprawę z wagi tego, czego nauczają, bo wiedzie nimi zwykły impuls, często z pozoru wręcz absurdalny. Mistrzami bywają cieśle, poeci, matematycy, ludzie wszelkich zawodów. Ludzie, którzy nagle odczuli potrzebę porozmawiania z kimś, wyjaśnienia doznań, których nie rozumieją i których nie potrafią tłumić w sobie. Tak oto Tradycja Słońca dba o to, by mądrość nie zaginęła. Odwołując się do impulsu Tworzenia.

Gdziekolwiek człowiek nie postawi stopy, natrafia na ślady Tradycji Słońca. Czasami jest to rzeźba, czasem stół, innym razem fragment wiersza przekazywany z pokolenia na pokolenie. Ludzie, przez których przemawia Tradycja Słońca, podobni są innym, tym, którzy pewnego ranka lub wieczora patrząc na świat czują obecność jakiejś wyższej siły. Bezwiednie zanurzają się w nieznanym oceanie i na ogół nie mają ochoty znowu tam wracać. Przynajmniej raz w każdym swym wcieleniu człowiek ma wgląd w tajemnicę Wszechświata.

Zanurza się na chwilę w Ciemną Noc, ale ponieważ brak mu wiary w siebie, rzadko tam wraca. I Święte Serce, które żywi świat swą miłością, pokojem i pełnym oddaniem, znów ranią ciernie.

Wikka czuła wdzięczność, że jest mistrzynią Tradycji Księżyca. Każdy, kto się do niej zgłaszał, pragnął się uczyć – nie tak, jak w Tradycji Słońca, gdzie większość ucieka od lekcji, które daje im życie.

„Zresztą to bez znaczenia", pomyślała Wikka. Wraca czas cudów i nikt nie pozostanie obojętny wobec zmian, jakie nadejdą. W ciągu najbliższych lat Tradycja Słońca rozbłyśnie pełnym blaskiem. I każdego, kto do tej pory nie odnalazł swojej drogi, niezadowolenie z siebie zmusi do dokonania wyboru.

Albo pogodzi się z egzystencją pełną bólu i frustracji, albo zrozumie, że wszyscy rodzimy się po to, by być szczęśliwi. A z tej drogi nie ma powrotu. Rozpocznie się wielka walka, wielki duchowy *dżihad*.

Jednym sprawnym ruchem Wikka nakreśliła sztyletem krąg w powietrzu. Wewnątrz niewidzialnego kręgu narysowała pięcioramienną gwiazdę, znaną wśród czarownic jako Pentagram, symbol ludzkiego mikrokosmosu. Za jego sprawą leżące na ziemi kobiety wejdą teraz w kontakt ze światem światła.

– Zamknijcie oczy – nakazała Wikka i wykonała rytualne ruchy sztyletem nad głową każdej z nich.

– Teraz otwórzcie oczy swojej duszy.

Brida oczami swojej duszy znalazła się na pustyni i miejsce to wydało się jej dziwnie znajome. Przypomniała sobie, że już tu kiedyś była. Z Magiem. Poszukała wzrokiem, ale go nie odnalazła. Jednak nie czuła lęku, była spokojna i szczęśliwa. Wiedziała, kim jest, jak nazywa się miasto, w którym mieszka, wiedziała też, że w innym miejscu trwa zabawa. Ale nie miało to znaczenia, bo roztaczający się wokół pejzaż był piękniejszy: bezmiar piasku, łańcuch gór na horyzoncie i ogromny kamień.

– Witaj – usłyszała.

Obok niej stał mężczyzna w ubraniu podobnym do tego, jakie nosił jej dziadek.

– Jestem mistrzem Wikki. Kiedy zostaniesz mistrzynią, twoi uczniowie spotkają tu Wikkę. Będzie się to powtarzać, aż do czasu, gdy Dusza Świata się objawi.

– Uczestniczę w obrządku czarownic – rzekła Brida. – W sabacie.

Mistrz uśmiechnął się.

– Odnalazłaś swoją drogę. Niewielu ludzi ma na to odwagę. Wolą chodzić cudzymi drogami. Każdy ma Dar, ale nie każdy chce go dostrzec. Ty go przyjęłaś, twoje spotkanie z Darem jest twoim spotkaniem ze światem.

– Do czego mi to potrzebne?

– Aby uprawiać ogród Boga.

– Mam przed sobą życie – powiedziała Brida.

– Chcę je przeżyć tak jak wszyscy. Chcę popełniać błędy, być egoistką, mieć wady, rozumie mnie pan? Mistrz uśmiechnął się. W jego prawej ręce pojawiła się błękitna szata.

– Nie ma innego sposobu na to, by być blisko ludzi, jak tylko stać się jednym z nich.

Nagle pustynia zniknęła i znaleźli się w jakiejś cieczy, w której poruszały się dziwne stwory.

– Życie jest błądzeniem – powiedział mistrz.

– Miliony lat temu komórki dzieliły się dokładnie w ten sam sposób, aż w końcu któraś się pomyliła i w tej niekończącej się powtarzalności nastąpiła zmiana.

Brida była oczarowana. Nie pytała, jak to jest możliwe, że oddycha pod wodą. Słyszała tylko głos mistrza i wspominała podobną podróż, która zaczęła się na pszenicznym polu.

– Ten błąd wprawił świat w ruch – ciągnął mistrz.

– Nigdy nie lękaj się zbłądzić.

– Ale Adam i Ewa zostali za to wygnani z Raju.

– I kiedyś wrócą tam, poznawszy cuda niebios i cuda świata. Bóg wiedział, co czyni, kiedy wspomniał im o drzewie poznania Dobra i Zła. Gdyby nie chciał, żeby tych dwoje skosztowało jego owocu, nic by nie powiedział.

– Czemu więc to uczynił?

– Żeby wprawić Wszechświat w ruch.

Znów stali na pustyni. Był ranek i różowe światło brzasku zaczynało rozlewać się na horyzoncie. Mistrz podszedł do niej z szatą.

– Uświęcam cię. Twój Dar jest narzędziem Boga. Obyś Mu służyła jak najlepiej.

Wikka wzięła suknię najmłodszej z trzech kobiet i uniosła ją w górę. Złożyła symboliczną ofiarę celtyckim kapłanom, których astralne postacie unoszące się ponad drzewami przyglądały się ceremonii. Potem zwróciła się do Bridy.

– Wstań – powiedziała.

Dziewczyna wstała. Na jej nagim ciele tańczyły cienie ogniska. Kiedyś te same płomienie pochłonęły inne ciało. Ale te czasy już minęły.

– Unieś ręce.

Brida usłuchała, a Wikka przyodziała ją.

– Byłam naga – powiedziała do mistrza. – I nie wstydziłam się.

– Gdyby nie wstyd, Bóg nigdy nie odkryłby, że Adam i Ewa zjedli jabłko.

Mistrz patrzył na wschód słońca. Myślami jakby błądził gdzieś daleko, ale tylko z pozoru. Brida to wiedziała.

– Nigdy nie odczuwaj wstydu – mówił dalej. – Przyjmuj, co ofiarowuje ci życie i staraj się pić ze wszystkich kielichów. Każdego wina trzeba skosztować, niektórych tylko jeden łyk, innych całą czarę.

– Tylko jak je rozróżnić?

– Po smaku. Tylko ten, kto spróbował gorzkiego wina, rozpozna smak dobrego.

Wikka obróciła Bridę twarzą do ogniska i podeszli do następnej adeptki magii. Ogień przejmował energię jej Daru, żeby mógł się w pełni w niej objawić. W tej właśnie chwili Brida oglądała wschód słońca, które miało oświetlać resztę jej życia.

– Musisz już iść – rzekł mistrz, gdy tylko wzeszło słońce.

– Nie lękam się swojego Daru – powiedziała Brida. – Wiem, dokąd idę i wiem, co mam robić. Wiem, że ktoś mi pomógł tu dotrzeć. Już tu kiedyś byłam. Widziałam tańczących ludzi i tajemną świątynię Tradycji Księżyca.

Mistrz milczał. Odwrócił się do niej i skinął prawą ręką.

– Zostałaś przyjęta do grona wtajemniczonych. Niech twą drogą będzie droga pokoju w czasie pokoju, i droga walki w czasie walki. Staraj się nigdy ich nie pomylić.

Postać mistrza zaczęła się rozpływać, a wraz z nią znikała pustynia i wielki kamień. Zostało jedynie słońce, które stopniowo zlewało się z niebem. Potem niebo pociemniało, a słońce przemieniło się w płomienie ogniska.

Wróciła. Pamiętała wszystko: harmider, klaskanie, taniec, trans. Pamiętała, że rozebrała się na oczach wszystkich i dlatego było jej teraz trochę wstyd. Pamiętała również spotkanie z mistrzem. Starała się zapanować nad wstydem, lękiem i niepokojem, bo wiedziała, że odtąd będą jej zawsze towarzyszyć i musi się z tym pogodzić.

Wikka zaprosiła trzy wtajemniczane uczennice do środka półkola utworzonego przez same kobiety. Czarownice podały sobie ręce i zamknęły krąg.

Śpiewały melodie, którym nikt nie ośmielił się wtórować. Prawie nie rozchylając ust wydawały z siebie dźwięki, które wytwarzały dziwną wibrację, stawały się coraz ostrzejsze, aż zaczęły przypominać krzyk oszalałego ptaka. Kiedyś i ona nauczy się tej sztuki. Posiądzie też wiele innych umiejętności, aż zostanie mistrzynią, a wtedy sama wtajemniczać będzie innych w Tradycję Księżyca.

Wszystko jednak w swoim czasie. Teraz, gdy odnalazła swoje przeznaczenie, miała przed sobą wiele czasu i kogoś do pomocy. Wieczność należała do niej.

Zdumiała się, bo każdego z obecnych okalała dziwna kolorowa mgiełka. Wolała swój dawny świat.

Ucichł śpiew czarownic.

– Inicjacja Księżyca dokonała się – oznajmiła Wikka. – Teraz świat jest dla was polem uprawnym i musicie się zatroszczyć o dobre zbiory.

– Czuję się jakoś dziwnie – powiedziała jedna z nowo wtajemniczonych kobiet. – Widzę wszystko jak przez mgłę.

– To, co widzicie, jest polem energetycznym, tak zwaną aurą, która otacza każdego z nas. To pierwszy krok na drodze Wielkich Misteriów. To wrażenie wkrótce minie, a za jakiś czas nauczę was, jak je na nowo przywołać.

Jednym szybkim ruchem cisnęła sztylet, który wbił się w ziemię, a jego trzonek drżał jeszcze czas jakiś.

– Obrzęd zakończony – oznajmiła.

Brida podeszła do Lorensa. W jego roziskrzonych oczach odczytała miłość i dumę. Mogli odtąd być razem, tworzyć nową rzeczywistość, odkrywać cały stojący przed nimi Wszechświat, który tylko czekał na ludzi odważnych.

Ale był też inny mężczyzna. Podczas rozmowy z mistrzem Wikki dokonała wyboru. Ten drugi poda jej rękę w trudnych chwilach, by z miłością i doświadczeniem poprowadzić ją przez Ciemną Noc Wiary. Nauczy się go kochać, a jej miłość będzie tak wielka jak jej szacunek dla niego. Oboje szli tą samą drogą poznania, dzięki niemu dotarła tu, gdzie jest. Razem z nim pewnego dnia zgłębi Tradycję Słońca.

Teraz wiedziała, że jest czarownicą. Przez wiele wieków uczyła się sztuki czarów i znów była na swoim miejscu. Od tej nocy mądrość stanie się dla niej prawdziwym sensem życia.

— Możemy już iść — powiedziała. Lorens patrzył z podziwem na stojącą przed nim kobietę odzianą w czerń. Ale Brida wiedziała, że Mag widzi ją w błękicie.

Podała mu swoją torbę.

— Idź pierwszy, może znajdziesz kogoś, kto nas podwiezie. Muszę jeszcze z kimś porozmawiać.

Lorens wziął torbę, ale uszedł zaledwie kilka kroków. Rytuał dobiegł końca i wrócili do świata ludzi, w którym rządzą miłość, zazdrość i wojna.

Powrócił niepokój, bo Brida zachowywała się dziwnie.

– Nie wiem, czy Bóg istnieje – powiedział do szumiących wokół drzew. – Nie jestem w stanie teraz o tym myśleć, bo też stoję wobec tajemnicy.

Poczuł, że mówi jakoś inaczej, z dziwną pewnością, której, jak sądził, zawsze mu brakowało. W tej chwili wierzył, że drzewa go słuchają.

– Ci ludzie pewnie mnie nie rozumieją, może drwią sobie z moich wysiłków, ale wiem, że mam odwagę im równą, bo szukam Boga, nie wierząc w niego. Ale jeśli On istnieje, jest Bogiem Śmiałków.

Zauważył, że drżą mu ręce. Minęła noc, z której niewiele zrozumiał. Wiedział, że był w transie – i to wszystko. Ale drżenie jego rąk nie miało nic wspólnego z tym, co Brida zwała zanurzeniem się w Ciemną Noc.

Spojrzał w niebo zasnute niskimi chmurami. Bóg jest Bogiem Śmiałków – dlatego go zrozumie. Bo śmiałkiem jest ten, kto podejmuje decyzję wbrew obawom, ten, kogo na każdym kroku nękają demony, kogo przed każdym działaniem opadają wątpliwości, kogo nurtują rozterki, czy ma rację, czy nie. A mimo to działa – bo również wierzy w cuda, tak samo jak czarownice, tańczące tej nocy wokół ognia.

Być może Bóg stara się do niego powrócić za pośrednictwem tej kobiety, która teraz oddalała się ku innemu mężczyźnie. Jeśli ona odejdzie, może i Bóg odejdzie na zawsze. Ona była jego szansą, jego nadzieją, bo wiedział, że najlepiej zatracić się w Bogu poprzez miłość. Nie chciał jej stracić.

Wziął głęboki oddech, poczuł w płucach zimne, czyste, leśne powietrze i złożył święte przyrzeczenie. Bóg jest Bogiem śmiałków.

Brida szła w kierunku Maga. Spotkali się przy ognisku. Trudno im było przerwać ciszę. W końcu odezwała się Brida.

– Mamy wspólną drogę.

Skinął głową.

– Pójdźmy więc nią razem.

– Przecież mnie nie kochasz – powiedział Mag.

– Kocham. Nie znam jeszcze swojej miłości do ciebie, ale cię kocham. Jesteś moją Drugą Połową.

Spojrzenie Maga błądziło gdzieś daleko. Myślał o Tradycji Słońca i o jednej z najważniejszych jej lekcji – o Miłości. Miłość jest jedynym pomostem między widzialnym a niewidzialnym, który zna każdy. Jest jedynym językiem, w którym da się wyrazić lekcje, jakich co dzień udziela Wszechświat istotom ludzkim.

– Nie odejdę – powiedziała. – Zostanę z tobą.

– Twój chłopak czeka na ciebie – odpowiedział Mag. – Błogosławię waszą miłość.

Brida spojrzała na niego, nic nie rozumiejąc.

– Nikt nie ma na własność wschodu słońca, który zachwycił nas pewnego wieczoru – ciągnął. – Tak samo jak nikt nie może mieć na własność pochmurnego popołudnia i deszczu dzwoniącego o szyby, ani spokoju, jaki roztacza wokół śpiące dziecko, ani też magicznej chwili, gdy fala morska rozbija się o skały. Nikt nie może mieć na własność tego, co na Ziemi najpiękniejsze, ale każdy może to poznać i pokochać. W takich chwilach Bóg objawia się ludziom. Nie jesteśmy panami słońca, ani wieczorów, ani fal, ani boskiego objawienia, bo nie jesteśmy panami samych siebie.

Mag wyciągnął do niej rękę i dał jej stokrotkę.

– Kiedy się poznaliśmy – a zdaje mi się, jakbym znał cię od zawsze, bo nie przypominam sobie, jak wyglądał świat, zanim cię spotkałem – pokazałem ci Ciemną Noc. Chciałem sprawdzić, jak sobie poradzisz z własnymi słabościami. Już wtedy wiedziałem, że jesteś moją Drugą Połową, i że nauczysz mnie wszystkiego, co muszę poznać, bo po to Bóg stworzył mężczyznę i kobietę.

Brida dotknęła kwiatek, pierwszy od wielu miesięcy. W końcu nadeszła wiosna.

– Ludzie ofiarowują kwiaty, bo w nich tkwi prawdziwy sens Miłości. Kto chce posiąść kwiat na własność, zobaczy tylko jego więdnące piękno. Ale jeśli zachwyci się kwiatem rosnącym na łące, zatrzyma go na zawsze. Bo ten kwiat jest nieodłączną częścią wieczoru, zachodu słońca, zapachu wilgotnej ziemi i chmur na horyzoncie.

Brida patrzyła na kwiatek. Mag wziął go z jej rąk i oddał lasowi.

Jej oczy zaszkliły się łzami. Była dumna ze swojej Drugiej Połowy.

– Tego nauczył mnie las. Że nigdy nie będziesz moja i dlatego zachowam cię na zawsze. Byłaś moją nadzieją w dniach samotności, niepokojem w chwilach zwątpienia i pewnością w chwilach wiary. Wiedziałem, że kiedyś spotkam moją Drugą Połowę, dlatego poświęciłem się zgłębianiu Tradycji Słońca. Miałem ochotę żyć tylko dlatego, że wierzyłem w twoje istnienie.

Brida nie potrafiła już ukryć łez.

– W końcu przyszłaś i wszystko stało się jasne. Przyszłaś, żeby wyzwolić mnie z niewoli, w którą sam siebie wtrąciłem, by powiedzieć mi, że jestem wolny, że mogę wrócić do świata i jego spraw. Zrozumiałem wszystko, co miałem wiedzieć i kocham cię goręcej, niż wszystkie kobiety, jakie poznałem w całym swoim życiu, bardziej niż kobietę, za sprawą której wyrzekłem się swej drogi i musiałem na długie lata zaszyć się w lesie. Na zawsze zapamiętam, że miłość jest wolnością. To tej lekcji tak długo musiałem się uczyć. To z powodu tej lekcji znalazłem się na wygnaniu, i to ona teraz mnie wyzwala.

Ogień wciąż trzaskał w ognisku, ostatni goście jeszcze się żegnali. Ale Brida nic nie słyszała.

– Brida! – dobiegł ją z oddali jakiś głos.

– Głowa do góry, mała – przypomniał sobie kwestię z jakiegoś starego filmu, który kiedyś widział. Cieszył się, bo otworzył kolejny ważny rozdział w księdze Tradycji Słońca. Poczuł obecność swego mistrza, który wybrał tę noc dla jego nowej Inicjacji.

– Zapamiętam ciebie na zawsze i ty mnie zapamiętasz. Tak samo jak zachowamy w pamięci zachód słońca, deszcz dzwoniący o szyby i wszystko to, co mamy na zawsze, bo nie możemy tego posiąść.

– Brida! – zawołał znów Lorens.

– A teraz idź już – powiedział Mag. – I wytrzyj łzy. Albo powiedz mu, że to dym z ogniska. Nie zapomnij o mnie nigdy.

Wiedział, że nie musi tego mówić, ale mimo wszystko powiedział.

Wikka zauważyła jakieś zostawione przy ognisku rzeczy. Będzie musiała zadzwonić do ich właścicieli.

– Wkrótce ognisko się dopali – powiedziała.

Milczał. Wpatrywał się w jeszcze pełgające płomyki.

– Nie żałuję, że cię kochałam – ciągnęła Wikka.

– Ja też nie żałuję – odpowiedział Mag.

Bardzo chciała porozmawiać z nim o dziewczynie, ale nic nie powiedziała. Oczy siedzącego obok mężczyzny promieniały mądrością – wzbudzał szacunek.

– Szkoda, że nie jestem twoją Drugą Połową – rzuciła tylko. – Bylibyśmy wspaniałą parą.

Ale Mag nie słuchał. Przed nim stał wielki świat i miał wiele do zrobienia. Trzeba pomóc uprawiać ogród Boga, trzeba nauczyć ludzi, jak sami mają się uczyć. Spotka inne kobiety, zakocha się i będzie żył pełnią życia. Tej nocy skończył się kolejny etap jego egzystencji, a przed nim rozpościera się nowa Ciemna Noc. Ale będzie to czas milszy, weselszy, bliższy temu, o jakim marzył. Wiedział to od kwiatów, od lasu, od młodych dziewczyn, które wiedzione ręką Boga pewnego dnia przychodzą, nieświadome, że wypełniają przeznaczenie. Wiedział to z Tradycji Księżyca i z Tradycji Słońca.

PAULO COELHO W POLSCE:

Alchemik [1995]
Na brzegu rzeki Piedry usiadłam i płakałam... [1997]
Piąta Góra [1998]
Weronika postanawia umrzeć [2000]
Podręcznik wojownika światła [2000]
Demon i panna Prym [2002]
Pielgrzym [nakładem wyd. Świat Książki, 2003]
Jedenaście minut [2004]
Zahir [2005]
Czarownica z Portobello [2007]
Brida [2008]
Zwycięzca jest sam [2009]

INSPIRACJE:

Alchemia *Alchemika* • W. Eichelberger w rozmowie z W. Szczawińskim [2001]
Juan Arias • **Zwierzenia Pielgrzyma. Rozmowy z Paulem Coelho** [2003]
Khalil Gibran • **Prorok** oraz **Listy miłosne Proroka**
w wyborze i adaptacji Paula Coelho [2006]

W PRZYGOTOWANIU:

Fernando Morais • **Czarodziej.** Biografia Paula Coelho [listopad 2009]

Życie jest **podróżą**

Niczego nie przeocz

Podróżuj z **Paulem Coelho**

Alchemik

Jak spełnić najgłębsze marzenia?

Opowieść, która trafia prosto do serca
i staje się natchnieniem dla każdego,
kto szuka własnej drogi.

Na brzegu rzeki Piedry
usiadłam i płakałam...

Jak w szarości dnia codziennego
dojrzeć to, co niezwykłe?

Opowieść o spotkaniu dwojga ludzi
po latach rozłąki i o miłości, która budzi się
w nich powoli, pośród obaw i wątpliwości.

Demon i panna Prym

Czy warto ulegać pokusom?

Opowieść o odwiecznej walce, którą toczą w nas dobro i zło, a także refleksja nad wolnością wyboru swojej własnej ścieżki.

Jedenaście minut

Czy miłość cielesna może być świętością?

Współczesna baśń dla dorosłych o seksie, miłości
i przeznaczeniu, które sprawia, że kręte ścieżki losu,
mogą nieoczekiwanie prowadzić nas ku szczęściu.

NAKŁAD 5 000 EGZ • PRINTED IN POLAND • WYD. SIÓDME • MAJ 2009 • WARSZAWA, DRZEWO BABEL

Wyłączny dystrybutor

firma księgarska
Jacek Olesiejuk

www.olesiejuk.pl

Druk i oprawa:

Z.P. DRUK-SERWIS, G. GÓRSKA SP. J.
ul. Tysiąclecia 8b • 06-400 Ciechanów